小学館文庫

白天狗の贄嫁

芽生える絆は宿命の扉を開く

朝比奈希夜

小学館

秘めやかな恋心

群馬《ぐんま》の農村で育った紫乃《しの》が、高尾山《たかおさん》の白天狗《しろてんぐ》、左京《さきょう》の屋敷に来てはや三月《みつき》。人里離れた山深いここは、木々の若葉をそよがせているさわやかな風が心地いい季節となった。

陰陽師、竹野内《たけのうち》の手により毒を孕《はら》まされ、一時は死の淵《ふち》にあった紫乃だが、すっかり元気を取り戻している。それも、左京や侍従の火の鳥、颯《はやて》が、残虐非道な黒天狗の法印《ほういん》が住まう筑波山《つくばさん》に赴き、危険を顧みず手に入れてきてくれた解毒の実のおかげだ。

訳あって一緒に暮らしている座敷童《ざしきわらし》の手鞠《てまり》と妖狐《ようこ》の蘭丸《らんまる》は、紫乃にすっかりなついており、気がつくと近くにいる。

どうやら紫乃は、あやかしを魅了する力を持つ斎賀《さいが》家の人間らしいのだが、今でも信じられない。

とはいえ、あやかしたちを言葉ひとつで動かせたり、颯の仲間の旭《あさひ》が負った深い傷を癒せたりと、普通とは異なる力があることは認めざるを得なくなった。

紫乃の最近の日課は、手鞠や蘭丸と一緒に屋敷の裏庭に赴くことだ。ここには年中色とりどりの花が咲き乱れていて、今はやまゆりが競うように大きな花を開かせている。

やまゆりの芳《かぐわ》しい香りは紫乃たちの部屋にも届くほど強く、蝶《ちょう》や蜂が呼び寄せられるがごとく、ついここに足を運んでしまうのだ。

「本当に立派ね。こんなにたくさん咲いているところを、ほかに知らないわ」

紫乃が腰を折りそっとゆりの花に触れると、右に手鞠、左に蘭丸がぴたりとくっついてきてしゃがむ。

「いいにおいー」

鼻から息をすーっと吸い込む蘭丸は、無邪気な笑みを見せる。

彼はあやかしの年齢で言えば四つになる。あやかしの一年は人間の十年に匹敵するようで、十七の紫乃よりずっと長く生きているらしい。

「そうね。ここにしばらくいると、髪や着物もこの香りを纏《まと》うのよ」

紫乃が言うと、蘭丸が自分の頭をやまゆりに向けているのがおかしい。

つい先日屋敷に戻ったとき、左京に「裏庭に行ってきたのか？」と指摘された。どうしてわかったのかと不思議だったが、あとで颯から、髪がやまゆりの強い香りを纏っているのに勘づいたようだと聞かされて、妙に照れくさくなったのを覚えている。

「紫乃さまのご実家の近くには咲いていなかったのですか？」

大人びた物言いをするのは、艶のあるおかっぱ頭が印象的な手鞠だ。彼女は蘭丸よりひとつ年上なのだが、その落ち着いた言動から、もっと離れているように感じる。

「そうねぇ。ちょっと山に入ると咲いてはいたわ。でも、楽しむ余裕がなかったの……」

紫乃は言葉を濁した。

紫乃が住んでいた群馬の農村では、ここほどの数ではないけれど、風通しのよい林の木陰に生息していた。姉の時子《ときこ》と一緒に、弟たちを連れて観察に行ったこともある。

ただ、年貢の取り立てが厳しく食うに困るような人ばかりの貧しい農村では、ゆりの根も貴重な食料となるため、その数は年々減少する一方で、ここ数年は見ていない。だからか、これほどの数のやまゆりを前にすると、ここは穏やかな時間が流れているのだなと感じる。

もちろん、黒天狗の法印のような荒くれ者がいることは承知しているが、食べ物を口にできず亡くなる者までいたあの村の状況を思うと、随分落ち着いて暮らせているのが現状だ。

「それじゃあ、ずっとここにいるよね？」

紫乃の着物の袖をつかみにっと笑う蘭丸に、なんと返事をしたらいいのかと紫乃は迷った。

あやかしと人間の間を取り持つ一族、斎賀家の血を引いているらしい紫乃は、あやかしを壊滅させたいと目論《もくろ》む陰陽師から見れば邪魔者。おそらく彼らは、紫乃を消したいと考えている。

自分の不思議な力にようやく気づいたばかりで、その使い方すらよくわからない紫乃が街に戻れば、あやかしをも死に追いやれる陰陽師に殺《あや》められるだろう。

また、人間があやかしたちが住まう山に滞在するにはそれなりの理由が必要で、紫乃には行く場所がなくなってしまった。

そんな事情を鑑みて、左京がかりそめの妻とすることでここにいられるようにしてくれたのだ。

とはいえ、好きでもない紫乃を娶《めと》った左京には、迷惑な話だろう。彼に甘えて、ずっとここにいるわけにもいかない。

「そうだな」

返事に迷っていると、左京の声がして振り返る。

左京の肯定の言葉がうれしかった一方で、そんなふうに断言してもよいものかと少し戸惑う。

本来ここにいるのがおかしい紫乃は、すべてが解決したら出ていくことになるだろうからだ。けれど、その日がいつやってくるのか誰にもわからない。

左京はいつになく穏やかな表情で近づいてきた。

「よい香りだな」

紫乃よりずっと背丈の高い彼も、腰を折ってやまゆりの香りを楽しんでいる。

「左京さまの御髪《おぐし》にもつく？」

蘭丸が左京を見上げて尋ねる。

高い位置で結った左京の長い銀髪は、木々の間をすり抜けてきた風に煽《あお》られてふわりと舞った。

「つくとはなんの話だ？」

「この香りです」

今度は手鞠が答える。

「皆、一緒になる―！」

蘭丸は紫乃の手を握り、満面の笑みを浮かべた。普段冷静な手鞠も、どこか頬が緩んでいる。

「一緒とは？」

しかし肝心の左京が、小首を傾《かし》げているのがおかしい。

「左京さまと同じ香りを纏えるのがうれしいのですよ」

「そうか。一緒だとうれしいのだな」

紫乃が言葉を添えると、左京はようやく気づいたようだ。かすかに口角を上げた。

左京は時々言葉が足りなかったり、誰かの胸の内に気づかなかったりする。近くで仕えている颯はそれにあきれて笑っているが、長くひとりで過ごしていたようなので、他者とのかかわり方がうまくないのだろう。

最初はそれを冷たく感じ、怒らせたのではないかと心配してばかりいたが、左京にはなんの悪気もなく、ただ本当にわからないだけなのだと知った。

「屋敷の中でももっと香るように、摘んでいくか？」

「待ってください」

左京がゆりに手を伸ばすので、紫乃は慌てて止めた。

「どうした？」

「やまゆりは、永遠に咲き続けるわけではなく、七、八年もすれば枯れてしまいます。枯れても飛んだ種からまた新しい花が咲きますが、それには何年もかかるんです。長い時間を経てようやく花を咲かせたのに、摘んでしまうのはかわいそうな気がします」

群馬の農村で、競うようにその根を取り、食料にしていた人間が言うことではないかもしれない。ただ、ここには食うに困らぬだけの食料があり、美しい花を楽しめる余裕があるのだ。こちらの都合でやまゆりの寿命を縮めたくないと、そう伝えた。

「なるほど。そうなのか」

左京は納得したようにうなずき、手を引く。

「よかったねー。僕、見に来るから来年も咲いてね」

蘭丸がやまゆりに話しかけている。その微笑《ほほえ》ましい光景に、紫乃はほっこりした。

「紫乃さまはお優しいですね」

「ありがとう」

手鞠に褒められ、やまゆりの根がごちそうだったとはとても言えなくなった。

農村では生きていくのに必死だった。それを思うと、あやかしだらけのこの山での生活のほうがずっと穏やかなのが不思議だ。

「そろそろ昼餉《ひるげ》の仕度をしましょうか」

紫乃がそう言うと、蘭丸はにたっーと笑う。食べ盛りなのか食欲旺盛で、三度の食事が待ち遠しくてたまらないらしい。

「紫乃さま、お手伝いします」

「うん。お願いするね」

手伝いを申し出る手鞠は、料理を作るのがうまい。五歳ながら包丁をうまく扱うし、調理の方法もよく心得ている。

どうやら人間の家に仕えていた経験があるようで、そのときにこっそり見て覚えたのだとか。

「颯さまは？」

手鞠が左京に尋ねる。

「颯は、少し出ている。颯の分は残しておいてやってくれ」

颯は朝早くにどこかに出かけてから姿を見ない。彼は最近こういうことが増えたが、紫乃はなにをしているのか知る由もなかった。

「承知しました」

腹の前で両手を重ねて腰を折る手鞠は、紫乃よりずっと大人だ。しかし、それがやや窮屈そうで、年相応の天真爛漫《てんしんらんまん》な彼女の姿を見たいと日々思っている。

「紫乃さま、行こう」

「そうね」

手鞠とは対照的に、蘭丸は遠慮なしに紫乃の手をグイッと引く。

子供たちふたりはすっかり紫乃になついており、群馬の弟たちを思い出して少し切なくなった。

時折颯が、紫乃が育った中村《なかむら》家の様子を見に行ってくれているが、やせ細っていた弟ふたりも、病に倒れていた母も元気に暮らしているという。今年は雨もそれなりに降り、畑の作物もよく育っていると聞いて安心している。

左京の厄介になると決めたものの、中村家が気にならない訳もなく、いつか会いに行きたいという願望は常にある。けれど、陰陽師に命を狙われている以上、安易な行動は起こせそうにない。

紫乃が蘭丸と手鞠とともに屋敷の中に向かおうとすると、「紫乃」と左京に呼ばれて足を止める。

「はい」

振り返り返事をすると、左京はなぜか難しい顔をしていた。

「どうかされましたか？」

「いや。……こうしたときは……」

左京はなにやら小声でつぶやいたあと紫乃の目をまっすぐに見つめる。その目の力があまりに強くて、紫乃の心臓の鼓動がたちまち勢いを増していく。

「大丈夫だ」

「えっ？」

「だから、その……。悲しげな顔はするな」

「あっ……。心配させて申し訳ありません」

中村の家族を思い出したものの笑顔でいたつもりだったのに、左京に見透かされていたようだ。

紫乃は左京の心遣いがうれしくて、自然と笑みがこぼれた。しかし左京は、ばつの悪そうな顔をしている。

「謝らせようと思ったわけではなく……」

「わかっております。それでは……ありがとうございます」

紫乃が言い直すと、左京は表情を緩めて小さくうなずいた。


昼餉は白飯と漬物、あとはえんどう豆の煮付けだ。麦ではなく白米を毎食食べられるのが、最初は信じられなかった。さらにはおかずまで付けられる贅沢《ぜいたく》さに、ずっとひもじい生活をしてきた紫乃は罪悪感を覚えるほどだった。

この米や野菜は、あやかしたちが届けてくれる。高い能力を誇る左京が、高尾山やその周辺に住まうあやかしたちの用心棒的な役割を果たしている報酬のようなものだという。

奥深い山に田畑があるなんて、これまで一度も耳にしたことはなかった。どうやら、あやかしたちが住まう領域には結界が張られていて、万が一人間が山に迷い込んでも見えないようだ。

人間である陰陽師のほうが結界を張り、あやかしを山に追いやったと竹野内から聞かされていた紫乃はひどく驚いたが、どこにでも都合のよい話は転がっているものだ。

人間とあやかしがそれぞれの領域を侵さず平穏に暮らしているのは、仲を取り持った斎賀家のおかげだと左京から教えられ、紫乃は自分の先祖を誇らしく思っている。

「いただきます」

食事は茶の間でそろって食べる。紫乃が声をかけると、蘭丸と手鞠が手を合わせて箸を手にした。

祝言の日から左京の隣は紫乃と決まっており、対面に手鞠と蘭丸が座っている。颯がいるときは蘭丸の横が彼の定位置だ。

左京の隣はなんとなく緊張してしまうため、子供たち側がよいのだけれど、左京の視線を常に浴びることになり、それはそれで妙に照れくさい。それに、一隻眼を具すような左京に見つめられると、心を丸裸にされる気もしてたちまち鼓動が速まるのだ。

手鞠だけでなく蘭丸までも礼儀作法が身についているのは、手鞠が教え込んだからのようだ。とはいえ、箸の使い方がうまいとは言い難く、ぽろぽろとこぼしてしまう。

「そんなに急いで食べるからよ」

漬物を膝の上に落として顔をしかめた蘭丸を見逃さなかったのは、もちろん手鞠だ。まるで母親のようで、自分とさほど年齢が変わらない手鞠に注意されるのは嫌ではないかと思っていたけれど、蘭丸が「はーい」と素直に反省しているのがまたかわいらしい。食事に夢中で、右から左に聞き流しているだけのような気もするが。

左京は黙々と飯を口に運びながらも、そんなふたりを優しい目で見ているのを紫乃は知っている。

そのとき、玄関の戸がガラガラと音を立てた。真っ先に気づいた左京が眼光を鋭くしたが、すぐに元の表情に戻る。

「颯だ。行かずともよい」

「どうしておわかりになるのですか？」

声が聞こえたわけでもないのに、なぜ颯だと断言できるのか不思議な紫乃は尋ねた。

「あれは颯の足音だ」

「足音？」

「左京さま」

ほどなくして、左京を捜す颯の声が聞こえてくる。

紫乃の耳には、足音などまったく聞こえなかったのに。

「耳がよろしいんですね」

「命にかかわるからな」

それを聞き、ぴりっと気持ちが引き締まった。左京は小さな音を聞き漏らすと命を失うほど、過酷な場所で生きてきたのだ。

「ここだ」

左京が声をあげると、障子が開いて颯が顔を出した。

「お食事中でしたか……」

「すぐにご用意します」

箸を置き立ち上がろうとすると、左京が紫乃の腕に手を添えて制止した。

「子供ではない。自分でやれる」

颯は苦笑しているものの、嫌そうな顔はしていない。

「その通りですよ、紫乃さま。左京さまはお隣が空くのがお寂しいようですし」

颯の言葉に、左京が眉をぴくりと動かす。

「おっと、余計なことだったようで……」

「それでなんの用だ」

「お食事中でしたらあとにいたします。……甘い香りがしますね」

颯は膳の上の料理に視線を送りながら言った。

「ここだよー」

すると蘭丸が自分の栗毛《くりげ》をひと束取って、自慢げに見せている。

「は？　お前の頭はいつも汗くさいだろ」

颯がすこぶる正直に告げると、蘭丸はぷうっと頬を膨らませた。

「颯さまだけおそろいじゃないもんねー」

「颯さま。けんかはおやめください」

動じることなく黙々と食べ続けている手鞠は、ふたりのやり取りを冷静に止めた。大人びた言動に、自分もこれくらいの落ち着きを手に入れなければと紫乃が思うほどだ。

「けんか……。すみません」

素直に首《こうべ》を垂れる颯に、噴き出しそうになった。

「裏庭のやまゆりの香りなんですよ。ふたりと一緒に見に行ったら、左京さまも来てくださって。花の香りが髪や着物につくと話していたんです」

紫乃が補足すると、颯はようやく納得したようでうなずいた。

「左京さままで珍しいですね。やはりおそばにいないと心配なのですね」

紫乃には颯の発言の意味がよくわからず首をひねったが、左京はぎろりと颯を見る。

「そ、それでは食事を持ってまいります」

颯が逃げるように部屋から出ていくと、左京は小さなため息をついたあと再び箸を動かし始めた。

そばにいないと心配というのは、もしや自分のことだろうか。

左京が裏庭に来たのは自分のためだったとは露ほども知らず、迷惑をかけてしまったのではないかと焦って口を開いた。

「左京さま、あの――」

「暇を持て余していただけだ。颯のたわごとなど聞き流せばよい」

「そう、ですが……」

この屋敷の周辺であれば危険はないという認識が甘かったと、紫乃は反省した。

「私はお前を縛るつもりなどない。好きにすればよい」

少し突き放したような言い方をされ、やはり迷惑をかけているのだと顔が引きつる。

「ですから、左京さま」

膳を持って戻ってきた颯が、蘭丸の隣に座ってから続ける。

「言葉が足りませんよ。〝なにかあれば自分が守るから、紫乃さまは気にせず自由に過ごしてほしい〟ですよね」

颯は遠慮なしに言葉を紡いだあと、素知らぬ顔で手を合わせて食べ始めた。

左京の言葉が足りないことについては、随分わかってきたつもりだったが、颯には敵《かな》わない。

けれど、颯が勝手にそう感じただけであって左京の本意は違うのではないかと、紫乃はちらりと左京に視線を移す。すると、耳を赤く染めた彼にふいっと顔を背けられ、颯の発言が正しかったと悟った。

まさか左京が、そこまで自分に力を貸してくれているとは。くすぐったくて、でもありがたくて、胸が温かくなる。

——ありがとうございます。左京さまに会えて幸せです。

紫乃は、決まりが悪そうにしている左京に心の中でお礼を唱えてから、食事を続けた。

食事を終えたあと、颯は席を立った左京についていく。紫乃は手鞠と蘭丸に片付けの手伝いを頼んで、台所に向かった。

「ねえ、紫乃さま。颯さま、最近お出かけばかりしてますね」

並んで器を洗っていると、蘭丸が言う。

「今までもそうじゃなかったの？」

「市に行ったり、左京さまに命じられて周辺のあやかしたちの様子を見に行ったりはしていましたけど、これほど頻繁にはお出かけになりませんでした。紫乃さまがお食事を作ってくださるから、その分時間ができたのかもしれませんが」

手鞠は冷静に分析している。

「そっか。どこに行ってるのかな？」

たしかに、これまでは颯が食事の準備のほとんどを担当していたようだ。とはいえ、手鞠もそれなりに作れるためいなくてもなんとかなるようだし、やはり最近は特に忙しいのだろう。

ひょっとしたら、紫乃のせいかもしれない。颯はしばしば群馬の中村家の様子を見に行ってくれるからだ。

火の鳥である颯は、左京のように羽を持ち空を飛んで移動できるため、紫乃には想像できないほど遠くまであっという間に行ってしまう。ここから群馬の実家までも、紫乃の足では何日もかかるところを半日もあれば往復してくれる。しかも疲れた顔ひとつ見せない。

迷惑をかけているのかもしれないと思う一方で、颯が実家の様子を教えてくれるので安心できる。

とにかく、あとで話を聞いてみようと片付けにいそしんだ。

お腹《なか》が満たされたからか、手鞠と蘭丸は部屋でおしゃべりを楽しんでいるうちに眠ってしまった。

紫乃はふたりにそっと布団をかけてから颯を捜したが姿が見えず、左京の部屋へと赴いた。

子供たちのはしゃぐ声が響かない屋敷は静まり返っていて、少々不気味なくらいだ。こんな広い屋敷にひとりきりだった左京は、寂しくなかったのだろうか。

紫乃は部屋の前でひざをつき、声をかける。

「左京さま、紫乃です」

「入りなさい」

障子を開けると、左京は窓から外を見て物思いにふけっていた。彼はほろ酔いの夜も、よくこういう顔をしている。

紫乃は酒が入るととびきり甘くなる左京を思い出して、頬が熱くなるのを感じた。

「どうした？」

左京は紫乃に視線を向け、立ち上がって近くまで来てくれる。

「大切なお時間でしたね。お邪魔して申し訳ありません」

紫乃がそう言ったのは、憂いを感じさせる左京の表情が、なにか心の整理をしているように見えたからだ。遠くに視線を送ってはいるけれど、吸い込まれそうな美しい碧眼《へきがん》で見ているのは景色ではないと感じた。

「邪魔ならば入室を許可しない」

どさっとあぐらをかいた左京は、少々ぶっきらぼうに言った。

「そうですよね。すみません」

「あ……そうではない。紫乃との時間も大切なのだ。気にせずともよい、ということだ」

左京がそう言い直すのが、少しおかしい。

彼は、直接的で冷たく感じる物言いに、紫乃がたじろいでいることに気づいてからは、できるだけ優しい言葉に言い換えてくれるようになった。しかし長年の習慣はなかなか抜けないようで、まだ胸にピリリと緊張が走るような言葉をかけられることもある。颯のように隠された真意を即座にくみ取ればいいのだけれど難しい。ただ、左京が冷たい天狗ではないことはわかっている。

「それで、どうしたんだ」

「はい。子供たちが、最近颯さんがいつも出かけていると気にしていて……。いえ、そうではありませんね。私が気になっているんです」

子供たちのせいにしてしまったと反省しながら、正直に告白した。すると左京は腕組みをして黙り込む。

やはり颯が忙しいのは自分のことに関してで、話しにくいのかもしれない。

「余計なことをお聞きして申し訳ありません。ただ、ここに来てからご負担をかけてばかりで、少々心苦しいのです」

素直に胸の内を明かしたのは、左京がかりそめではあっても夫婦として会話を交わしたいと話していたからだ。

「負担になどなっていない。そもそも紫乃は、斎賀家の末裔《まつえい》なのだ。我々あやかしには恩義があるゆえ、まったく気にする必要はない」

その言葉に、なんとなく胸につかえるものがある。

左京が紫乃を妻にしてまでかくまってくれるのは、斎賀家の澪《みお》という女性に命を助けられた恩があるからだ。それはわかっているけれど、紫乃と左京の関係が、その恩だけで結ばれたものだと突きつけられたようで、残念な気持ちになる。それも……酔ったときの彼の甘い言葉の数々に翻弄されているからなのかもしれない。

紫乃が黙っていると、左京は眉をひそめて顔を覗《のぞ》き込んでくる。

「すまない。またおかしなことを言っただろうか」

「いいえ。たしかに私は斎賀家の末裔のようですが……私は左京さまに対して恩があるのです。先祖が立派だったから気にかけていただくのも、なんとなく――」

「やはり私の言い方がおかしいな」

左京は紫乃の言葉を遮った。

「えっ？」

「颯が紫乃のためになにかしたいと思うのは、斎賀一族だからという面がないとは言えない。紫乃には魅了の力が備わっているのだからな」

それには納得する。斎賀一族が持つという、あやかしを惹《ひ》きつけ操ることすらできる魅了の力は強く、颯にも多少なりとも影響があるに違いない。

ただ、どうやら力ある天狗の左京には効いていないようなのだが。

「とはいえ、颯もばかではない。尽くしたくもない者のために奔走したりはしない。

颯は紫乃の心根の美しさに気づいているのだ。斎賀家云々《うんぬん》は置いておいても、紫乃は手を貸したいと思えるような人間なのだよ」

「左京さま……」

いつも多くの言葉を重ねない彼が、自分の誤解を解くために必死に語ってくれている気がして、心がすーっと軽くなっていく。

「ありがたいです。私もお役に立てるように頑張ります」

「紫乃は気負う必要もないし焦らなくていい。まだ自分の力についてもよくわかっていないのに、なにかしようと思うな。……あ、いや、そうではなく……」

また左京が焦りだした。きつい言い方だったと思っているに違いない。

「大丈夫です。左京さまのおっしゃりたいことは、よくわかりましたから。焦らず、できることを見つけて少しずつ積み重ねます。未熟者ですから、左京さまにも甘えさせていただきます」

紫乃がそう伝えると、左京は視線をきょろっと動かし照れた様子を見せた。

「それで、颯の話だが……」

左京はコホンと咳払《せきばら》いをしてから話を変えた。

「はい」

「斎賀家についてくわしく調べるように言いつけてあるのと、紫乃の姉……時子だったか」

「姉ちゃん？」

思いがけず姉の名が出て、紫乃は少し興奮気味に声をあげる。

「そうだ。姉と一緒に亡くなった者の弔いをと、どこに葬られたのか探っているのだ。見つからず落胆させるのも悪いと思い、黙っていたのだが……」

「姉ちゃんの亡骸《なきがら》を捜してくださっていたなんて……」

口には出さなかったが、ずっと時子のことは気になっていた。竹野内の屋敷でピクリとも動かなくなった姿を今でも夢に見るのだ。

けれど、安易に山を下りて帝都に向かうわけにもいかず、どうにもならなかった。

「竹野内は、警察に捕まったようだ」

「警察……？」

思いがけない事実に、紫乃は目を丸くする。

「竹野内は、紫乃が生贄《いけにえ》となったあの日、天狗が帝都を襲わなかったのは自分の手柄だと吹聴《ふいちょう》していたらしいのだが……」

左京が眉尻を上げて怒りを示す。

「なんて人なの？」

自分の行いを悔い改めるどころか、くだらない嘘《うそ》でのし上がろうとするとは。救いようがない。

「すべてを知っている手下たちは、また天狗があやかしを引き連れてやってくると恐怖を抱いて、手のひらを返したようだ。警察にすべてを白状して、あやかしから守ってほしいと訴えたらしい。背に腹は代えられないからな」

野田《のだ》たちも勝手だ。いくら白状しても、時子たちの命を奪った罪は消えない。

「当然手下たちも捕まり、簡単には接触できなくなった。しかし一部の手下が逃げたようで、颯はその者たちを追って、時子たちが葬られた先を白状させるつもりなのだ」

「そんな大変なことを……」

逃げているからには、簡単に見つからないだろう。それをひとりで捜しているとは、大変な労力に違いない。

「誤解するな。無論、紫乃のためにしていることではあるが、颯自身も時子たちを丁寧に弔ってやりたいのだよ。あいつも多くの理不尽な死を目の当たりにしてきた。心が痛むのだろう」

やはり、あやかしにも人間にも、無用な争いのない平穏なときが必要だ。紫乃は改めてそう感じた。

「左京さまも颯さんもお優しくて……。左京さまたちのようなあやかしもいるのだと、人間も知るべきですね」

そうすれば敵対する必要がなくなると思い口に出したけれど、左京は難しい顔をして首を横に振る。

「簡単なことではない。あやかしはそもそも利己的なのだ」

そういえば酔った左京がそんな話をしていたような。

「紫乃があやかしたちを好意的に見られるのは、魅了の力が働いているからだろう。あやかしは陰陽師の恐ろしさも心得ている。そのため街に下りて人を襲うようなことはないが、欲しいものがあれば人間を殺めかねない生き物なのだ。それは、我が天狗一族も同じ」

左京は顔をしかめる。

天狗は本来荒くれ者であり、左京のように穏やかで心優しい天狗はほかにはいないそうだ。だからといって、それを左京が背負う必要はない。

「でも左京さまは違います。死の淵にあった私を見殺しにせず、助けてくださった」

紫乃がそう伝えると、左京は複雑な表情でうなずいている。

「それに、これから変えていけばいいのではありませんか？」

「変えるとは？」

「斎賀一族は粛々と正しい行いを説き、相手が人間だろうがあやかしだろうが揺らがなかったからこそ、あやかしたちからも信頼されるようになったのです。根気よく正しい言動を伝え続けていけば、きっとわかってもらえるはず。とてつもない年月が必要かもしれませんが、せっかく私に魅了の力が備わっているのだから、使わない手はありません」

『気負う必要もないし焦らなくていい』と言われたばかりだけれど、できることがあるのなら人生をかけてでもやり遂げたい。澪たち先祖から預かった魅了の力という財産を埋もれさせたくないのだ。

随分大きな口を叩《たた》いてしまったと紫乃が後悔していると、左京はふと口元を緩める。

「やはり紫乃はただ者ではなさそうだ。ぜひ手を借りたい」

「もちろんです」

「だが、勝手なことは許さぬ。私の妻は、少々無茶が好きなようだ。手綱は握らせてもらうぞ」

左京はそんなふうに言うけれど、紫乃を心配してのことだろう。

「はい。じゃじゃ馬の制御は、左京さまにお任せします」

紫乃が笑みをこぼすと、左京も頬を緩めた。

その晩。紫乃がふと目を覚ますと、猪口《ちょこ》を片手に酒を傾ける左京の姿があった。

彼は窓際の定位置にあぐらをかき、いつものように月を愛《め》でている。

当初は、毒にやられた紫乃を心配して様子を見に来ていたが、今でもそれが続いている。どうやらこの窓からの眺めを気に入ったようで、酒を飲むと自然とここに足が向くらしい。

たしかに季節の移ろいとともに表情を変える山の木々が美しく、絶景だ。

今は一気に芽吹いた木々が、みずみずしい若葉を茂らせており、生命力あふれる様子が見て取れる。

紫乃がこの山を訪れた頃のような霞《かすみ》があまりかからなくなった分、その葉の鮮やかさが際立つようになった。

「左京さま」

上半身を起こした紫乃が声をかけると、左京が顔を向ける。解《ほど》かれた長い銀髪が、窓から吹いてきたやまゆりの香りを含んだ風に煽られてふわりと舞った。

「起こしたか？」

「大丈夫です。今日は月が一層美しいですね」

紫乃は窓際に歩み寄りながら話した。

雲がないせいか、もう少しで満月を迎える月の冴《さ》えた光が差し込んできて、左京の髪を照らす。それは吸い寄せられそうになるほど美しくて見惚《みと》れてしまう。この銀の髪は左京にとって不名誉なものだったようだが、紫乃はとても好きだ。

「そうだな」

左京の隣に腰を下ろそうとすると、腕を強く引かれて彼の胸に飛び込む形になってしまった。思いきり体重をかけてしまったのに、鍛えられた体軀《たいく》はびくともしない。

「さ、左京さま？」

左京が紫乃を膝に乗せ背中から抱き寄せてくるのは、もう決まりごとのようになっているが、紫乃は照れくさくてたまらない。

「なんだ？」

「重いですから、お隣で」

腰を上げようとしたのに、腹に手を回して一層密着されるありさまだ。

「だめだ。紫乃の場所は私の膝の上だと決まっているのだ。お前をこうして愛でるのが楽しみなのに、私から楽しみを奪うな」

「た、楽しみだなんて……」

昼間は、不器用な物言いのせいで距離を感じることもあるのに、こうして酔うとふたりの距離がゼロになる。

耳にかかる左京の吐息が、ほんのり酒の香りを纏っている。それを感じるだけで耳まで赤くなってしまう紫乃は、落ち着きをなくした。

けれど、嫌なわけでは決してない。こうして左京の腕に包まれている間は、安心できるせいか心が穏やかになるのだ。そのため、左京が部屋に飲みに来るのを期待しているようなところもある。もちろん、口には出さないけれど。

「紫乃は私が嫌いか？」

どこか艶っぽい声で尋ねられ、心臓がドクンと跳ねる。

「……嫌いでは、ございません」

「ならば好きか？」

濁したのにそう問われて、どぎまぎしてしまう。

もちろん、好きだ。命を救ってくれただけでなく、こうして利にならぬ婚姻までして自分を守ろうとしてくれる方を、どうして嫌いになれるだろう。

うまくない言葉遣いのせいで緊張が走ることはあれど、紫乃に対する悪意などまったくないとわかった今、嫌いになる要素など見当たらないのだ。

しかし、整った顔を持つ異性から『好きか？』と問われると、その返答に困ってしまう。彼が口にする〝好き〟は、家族や友人の間に存在する愛なのか、はたまた男女の間にあるそれなのか、判断がつかないからだ。

答えられないでいると、左京が紫乃の頬に少し冷えた自分の頬をぴたりとつけてくるので、鼓動が勢いを増していく。

「あ、ありがとうございます。……わ、私もです」

「私は好きだぞ」

紫乃は思いきって伝えた。

左京は黎明《れいめい》を迎えるとともに、宵の出来事などまるでなかったかのようにけろりとしている。紫乃との会話もいつも覚えていないようなので、今夜もそうだろう。

「そうか。紫乃も私が好きか」

紫乃の腹に回した左京の手に力がこもり、息が苦しい。上機嫌な左京の声で確認するように繰り返されてはあまりに面映《おもは》ゆく、空気がうまく肺に入ってこないような感覚に襲われたのだ。

「で、ですが……私は左京さまにご迷惑をかけてばかりですよね」

昼間は『紫乃は手を貸したいと思えるような人間なのだ』と励まされたが、今なら本音が聞けるのではないかと、問いかける。

「迷惑か……」

左京が紫乃の肩に顎《あご》をのせるせいで、サラサラの髪が頬に触れてくすぐったい。

「迷惑などいくらでもかければよい」

「えっ？」

思いがけない返事に左京のほうに顔を向けると、目の前で形の整った薄い唇が再び動き始める。

「私はお前の夫なのだ。どんなことでも受け止めてやる」

「左京さま……」

左京の言葉が心強くて、張りつめていた気持ちが解けていく。

「お前の心根の美しさに惹かれているのは、颯だけではないぞ。私もだ」

目を細める彼が手を伸ばしてきて優しく頬に触れるので、胸が高鳴っていく。

「紫乃は、私をこうして癒してくれればいい」

膝の上でそわそわしているだけなのに、左京を癒せているのだろうか。

ただ、穏やかに微笑む彼を見ていると、その役割を果たせているようにも思える。

かりそめの夫婦ではあるけれど、まるで本当に夫婦になったかのような満ち足りた時間だった。


目に染みるほどの青い空が広がった翌朝。

紫乃が台所で朝食の準備を始めると、すでに着替えた手鞠と、寝巻きをはだけさせ、寝ぼけまなこをこする蘭丸がやってきた。

「紫乃さま、おはようございます」

「おはよ。まだ寝ててもいいのよ」

「いえ、お手伝いします」

手鞠は器用に着物の袖にたすき掛けをして動きだす。一方蘭丸は、大あくびをした。

「蘭丸、しゃきっとしなさい」

「だって、眠いんだもん」

まるで母子のような手鞠と蘭丸は、一歳しか違わないとは思えない。

「いいのよ。手鞠ちゃんも、もっと寝ていても大丈夫」

群馬の弟たちは蘭丸のように無邪気で、朝は起きられないし、着物もいつもはだけていた。子供はそんなものではないだろうか。手鞠が大人すぎるのだ。

「いえ。私は眠くありません」

「着替えてくるー」

蘭丸も目が覚めてきたらしく、すっ飛んでいった。

昨晩の残りの冬瓜《とうがん》の煮物を器に盛っていると、颯も顔を出した。

「申し訳ありません。寝坊しました」

颯はきびきびと働く手鞠を見て、小さくなりながら言う。しかし、昨晩は帰りが遅かったため仕方がないだろう。

「颯さま、蘭丸に示しがつきません」

「すみません」

手鞠に叱られた颯は、素直に首を垂れている。

それぞれ性格の違いはあるにしても、手鞠は厳格すぎるというか……。彼女の両親が厳しかったのだろうか。

「颯さんは、昨日遠くまで出かけていらして疲れているの。だから、ね？」

紫乃が腰を折って話しかけると、手鞠は渋々納得した。

蘭丸も戻ってきて、膳を運び始める。

「手鞠ちゃん、左京さまを呼んできてくれる？」

「かしこまりました」

紫乃がお願いすると、手鞠は丁寧な返事とは裏腹に、着物の裾を少し持ち上げて駆けていった。

「ふふっ。ああいう子供らしいところをもっと見せてくれればいいのに」

颯に漏らすと、彼もうなずいている。

「ご両親が厳しかったのでしょうか？」

「そういうわけでは……。手鞠は、自分の幼さが許せないのでしょう」

「幼さが許せない？」

どういうことなのか、ますますわからない。

「もっとうまく立ち回れればという後悔から、必死に大人になろうとしているのです。

少し痛々しくもあります――」

「紫乃さまー。準備できました」

そこに膳を運び終わった蘭丸が戻ってきたため、話が途切れた。

「ありがとう。お腹空《す》いたでしょ。いただきましょう」

「はい！」

にこにこと愛くるしい笑みを浮かべて自然と紫乃の手を握る蘭丸を見て、手鞠もこれでいいのにと紫乃は思った。

食事のあと、紫乃は手鞠の髪を整え始めた。祝言のときに髪に忘れな草を挿してやってから、習慣になっているのだ。

まずは肩のあたりで切りそろえられた艶のある髪に、つげの櫛《くし》を通していく。

「この櫛、もう随分使い込んであるわね」

歯先が一本欠けている。

紫乃は左京の長い髪もこうして梳《と》かしてみたいと思いつつ話した。

「新しい物を、颯さまに頼んでみましょうか」

「帝都に買いに行くの？」

少し弾んだ様子で言う手鞠に尋ねる。

「市に行けばあるんだよ」

答えたのは、先に栗毛を整えてやった蘭丸だ。

「そういえば、市があると言っていたわよね」

以前、紫乃の着物もその市でそろえてくれたと聞いた。

「紫乃さまも行こうよぉ」

蘭丸がおねだりしてくる。

ここに転がり込んでからこの周辺しか散策していない紫乃は、あやかしばかりの市に赴くのは少し緊張する。

屋敷周辺には今でもあやかしたちが集っており、紫乃は朝昼晩の三度、門まで出ていき挨拶をするようにしている。彼らは紫乃を慕って集まっているとわかっているので怖くないけれど、市のあやかしたちはどうなのかわからないからだ。

でも、斎賀一族としての役割を背負っていくのであれば、これからもっとたくさんのあやかしたちと会わなければならないだろう。

「そうね。左京さまにお話ししてみるわ」

近くの山にあるという市には、左京や颯に飛んで連れていってもらうはずなので、彼らの了承が必要だ。

「やったー」

まだ決まったわけではないのに、蘭丸が飛び跳ねて喜んでいる。いつもは冷静な手鞠も顔をほころばせていて、ふたりにとっては楽しい場所なのだと感じた。

二日後。左京があっさり承諾したため、近くの山にある市へと向かうことになった。紫乃は左京に抱いてもらい、子供たちは颯が抱えて連れていくという。

竹野内の屋敷に乗り込んだときは歩けず仕方がなかったけれど、こうして颯たちの前で左京に抱かれるのはかなり恥ずかしい。

抱きかかえられた紫乃が左京の肩に顔をうずめて赤くなっているだろう頬を隠すと、左京が口を開いた。

「どうした？　飛ぶのが怖いのか？」

「そういうわけでは……」

平然としている左京は、照れくさくないのだろうか。

「左京さま。少々無粋ですよ。紫乃さまは、照れていらっしゃるのです」

颯に断言されて、耳まで熱い。まさにその通りなのだが、できれば黙っておいてほしかった。

「照れて……。そうか。しかし抱かなければ飛べぬ」

すこぶる正論を吐かれたものの、そんなことは紫乃にだってわかっている。

暮夜の記憶がない様子の左京には、この面映ゆさがわからないのかもしれない。紫乃はぴたりとつけられた彼の頬の冷たさまではっきりと覚えているので、余計に照れてしまうのだ。

「わ、わかっております。行きましょう」

紫乃が促すと、左京は何食わぬ顔で白く大きな羽を出し、とんと地面を蹴って空に舞い上がった。

数分飛んだだけで、市のある山が迫った。

帝都の商店街のように、所狭しと建物が並んでいる場所が見える。しかしそれだけでなく、その南側には広大な田畑が広がっていてかなり驚く。

「野菜やお米もここで作っているのですね」

あやかしたちが届けてくれる食料も、ここから運んでいるに違いない。

「そうだ。何百年にもわたり切り開いた土地だ。人間には簡単に足を踏み入れられない場所に、こうした田畑がいくつかある」

標高が高いこともあり気温は低めだが、太陽の光が燦々《さんさん》と降り注いでおり、中村家が借りていた日当たりの悪い畑より収穫がはかどりそうだ。

左京は市の端にすとんと衝撃もなく舞い降りた。すぐうしろをついてきた颯も、同じように到着して子供たちを解放している。

「左京さま、そろそろ下ろしていただければ……」

市や田畑が興味深く、恥ずかしさなどどこかに飛んでいたけれど、いつまで経《た》っても抱かれたままでは、さすがにいたたまれない。

「ああ、そうだったな」

素知らぬ顔の左京に下ろしてもらうと、すさまじい勢いで周囲のあやかしたちが寄ってきたため、紫乃はあとずさりした。皆人形《ひとがた》ではあったが、やはり少し怖かったのだ。

「そなたたちの興奮する気持ちはわかるが、我が妻が驚いている。慣れるまで少し距離を置いてくれ」

左京がそう伝えると、あやかしたちの足がぴたりと止まる。

無意識に左京の着物の袖をつかんでいた紫乃は、ハッとして離した。しかしそれに気づいた左京が、今度は紫乃の手を握ってくる。

「安心しなさい。私の妻である以上、誰にも危害を加えさせない。それに皆、紫乃に会いたくてうずうずしていたのだ。中にはここから、我が屋敷に通う者までいる」

紫乃は、改めて自分の魅了の力に驚かされた。

屋敷の周りのあやかしたちと同じように、人間である自分を受け入れてくれるのであれば、怖がるのは失礼だ。

そう考えた紫乃は口を開いた。

「初めまして。斎賀紫乃と申します。仲良くしていただけるとうれしいです」

紫乃がそう言い終わると、左京の手に力がこもる。まるでそれでいいと励まされているようで心強い。

「斎賀さまだー」

「いらっしゃい、いらっしゃい」

「仲良くうれしい」

次々と投げかけられる言葉に、緊張が一気に緩んだ。

「よろしくね」

紫乃が声を弾ませると、左京の目も優しくなる。

あっという間にあやかしたちが集結して囲まれてしまったものの、皆の表情が柔らかくて安堵《あんど》した。

「今日は妻とここで買い物を楽しみたい。道を空けてくれるか？　皆も仕事に戻ってくれ」

彼らは左京の言いつけを守り一定の距離を保ってくれていたが、先に進めそうにない。左京が声をかけると、あやかしたちは少し名残惜しそうではあったものの、散っていった。

「紫乃さま、さすがですね。これほど多くの者のお出迎えは見たことがありません」

少しうしろにいた颯が、隣までやってきて言う。

改めて斎賀一族が築いてきた絆《きずな》の強さを感じて身震いする。

「なにかしようと思うな」

「はい」

どうしたら彼らの役に立てるのかと考えたことを、あっさり左京に見破られてしまった。

「左京さま、悪い癖が出ていらっしゃいます」

颯が即座に口を挟む。

「すまない。……紫乃は紫乃のままでいい。気負わず楽しめばいいということだ」

「はい」

左京が言い直すと、颯が笑いを嚙《か》み殺していた。

さすがに言葉を端折《はしょ》りすぎではあるけれど、やはり左京は優しい。

その後は、ちらちらと視線を感じながらも、左京たちと店を回ることができた。

「本当に人間の街と同じだわ」

「紫乃さま、あそこ」

手鞠が屈託のない笑みを浮かべて紫乃の手を引く。

子供たちは市に行くのを楽しみにしていると聞いていたが、心が弾んでいる様子が見て取れるほどだった。

手鞠に連れていかれたのは、髪飾りが置かれた店だ。目的のつげの櫛も数多く並んでいる。

「たくさんある。手鞠ちゃん、どれがいい？」

紫乃が尋ねると、手鞠は熱心に選びだした。ふと蘭丸に視線を移すと、彼は颯の手を引き、甘い香りが漂ってくる店に惹きつけられている。

「また団子か……」

左京も気づいたようで、ぼそりとつぶやいた。

「団子？」

「知らぬのか？　餅を小さく丸めたものを串に刺して甘じょっぱいたれをつけて焼いたものだ。蘭丸はあれが好物なのだ」

群馬では餅など食する余裕はなく、紫乃は団子を知らない。しかし、興味をそそられる。

「紫乃さま、これはいかがですか？」

手鞠に手を引かれて、視線を戻す。

彼女が選んだのは、桜の花が彫られた見事な逸品だった。

「それではこれを」

左京がすかさず金色に光る通貨を差し出す。

「お高いのでは？」

ひときわ立派な櫛に慌てたけれど、左京は「手鞠が欲しそうだ」と紫乃を安心させた。

左京が支払いをする間、手鞠は赤い玉に櫛と同じ桜の絵が描かれたかんざしを見て目を輝かせている。

「店主。それも一緒に」

すかさず左京がかんざしの購入も決めると、手鞠の目が大きく開き、白い歯を見せて喜びを表すので紫乃までうれしくなった。

「左京さま。なにか足りないのではないでしょうか」

いつの間にか背後に来ていた颯が、左京に言いたいことがあるようだ。

「足りないとは？」

「紫乃さまのかんざしですよ。奥方さまなのですから、夫が気を使うのは当然です」

「いえ、私は……」

颯はあきれ気味に言うけれど、紫乃はとんでもないと首を横に振る。

「素敵ね」

「そうだな。紫乃はどれがいいのだ」

「私は大丈夫ですから」

「紫乃さま、ここは素直に受け取られたほうがよろしいかと。贈り物を断られる男はつらいものです」

つらいと言うが、そもそも強引に買うよう迫ったのは颯だ。とはいえ、頑《かたく》なに断るのも悪い気がして、手鞠とおそろいのかんざしを手にした。

「それでは、お言葉に甘えます。こちらを」

「店主、もうひとつ」

なぜか左京の表情がほころんだ気がして不思議に思う。

「おそろい。紫乃さまとおそろい！」

手鞠が興奮気味に声をあげるので、紫乃はほっこりした。同じものをつけるだけでこれほど喜んでもらえるとは、紫乃も幸せだった。

早速おそろいのかんざしを挿し、蘭丸お待ちかねの団子屋へ。

店内に入り、初めてみたらし団子を食した紫乃は、あまりのおいしさに言葉を失った。

蘭丸はもちろんのこと、手鞠も珍しく頬にたれをつけながら夢中になって食べていて、なるほど市とは楽しい場所なのだと納得する。

しかしちょうど食べ終わった頃、外から怒号が聞こえてきて、左京と顔を見合わせた。颯はいち早く店頭に出ていく。

「どうしたんでしょう」

「おそらくけんかだ。よくあることだ」

「けんか？」

左京が重い腰を上げたので、紫乃も続く。店内から外を覗くと、ひょろりと背の高い男と、恰幅《かっぷく》のいい男が取っ組み合いのけんかをしており、颯が仲裁に入っていた。

しかし颯が巻き込まれて、殴られている始末だ。

「颯が本気を出す前にやめろ」

凄《すご》みを利かせた左京の声に気づいたふたりは、ぴたりと動きを止める。

「まったく。いい加減にしろ」

颯が殴られた頭に手をやりながら言った。

「颯さん、大丈夫ですか？」

紫乃は颯に駆け寄り、声をかける。

「なんともありませんからご心配なく」

左京はもちろん、颯も力あるあやかしだと聞いている。これくらい平気なのだろうけれど、だからといってなんの非もない者が殴られて我慢するのはおかしい。

「どうしてけんかになったんですか？　まずは関係ない颯さんに謝ってください」

つい先ほどまであやかしが怖かったのに、紫乃はあたり前のように話しかけていた。

「すみません」

「ごめんなさい」

ふたりは蚊の鳴くような声で言う。

斎賀の血を引く紫乃が命じたから仕方なく謝罪したように見える。不貞腐《ふてくさ》れた顔に反省を感じないのだ。

「なにがあったんだ」

颯はあきれ気味に問う。

「俺だって欲しいんだ。ひとり占めするな！」

「俺が先だったんだ」

まともに説明もせず、また取っ組み合いが始まる。すると左京がつかつかと出ていき、ふたりの首根っこをつかんであっさり止めた。

「見苦しい」

ようやくけんかは止まったものの、不穏な空気が拭えない。

「けがをしているじゃない」

背の高い男のはだけた着物の間から、膝に血がにじんでいるのが見える。

中村の弟ふたりのけんかもなかなかの迫力だったが、力ある大人の殴り合いは、ときに命にかかわる。

「誰か、きれいなお水と手拭いを」

紫乃は遠巻きに見ていたあやかしに頼んだあと、男を座らせて膝の様子を確認し始めた。

「痛いでしょう？」

石の上に転んだのか、深い傷ができている。

「紫乃さま、私が」

颯が治療を代わってくれようとしたものの、紫乃は首を横に振った。自分に傷を癒す力が備わっていると知っているからだ。

「颯、紫乃に任せてみよう」

紫乃が旭の深い傷を癒したのを知っている左京も、颯を止めた。

すぐに持ってきてくれた水で傷を洗い流し、手拭いで傷を押さえて、念じ始める。

――治って。お願い。

特別な呪文があるわけでもなく、念じるだけでよいのかわからない。しかし、旭のときもそうだったので、傷が治っていく様を想像しながら一心に念じた。

すると、以前と同じように体が心地よい暖かさに包まれる。そしてその熱が指先に移っていき、それがすっと抜けたような感覚があった。

試しに手拭いを取ってみると、うっすらと傷の痕は残っているものの血は止まり、完全に塞がっている。

「え……」

けがをした男は目を真ん丸にして驚いていた。

「斎賀さまのお力だ」

「初めて見たぞ」

「すごい、すごい」

いつの間にか人だかりができており、皆が口々に言い合っている。

立ち上がった紫乃の隣に左京がやってきて、優しい表情でうなずいている。それが、〝よくやった〟と褒められているかのようで、少々くすぐったかった。

「それで、なんのけんかなの？」

見ればふたりの周囲にはじゃがいもが転がっており、いもの取り合いをしているのだと察する。

「いもが足りないのね。どこかで売ってないのかしら？」

紫乃はふたりに尋ねたが、首を横に振っている。

「今日の収穫分はこれで終わりだったから、もうない」

「ならば、分け合えばよい」

左京がすこぶるあたり前のことを言うと、恰幅のいい男はにやりと笑った。

「ほら見ろ。分けないお前が意地汚いんだ」

「お前はなにも言わずに横取りしただろうが」

これが左京の話していた利己的だという一面なのかもしれないと、紫乃は納得した。

「どっちもどっちだな」

颯は顔をしかめてため息をつく。

「毎日収穫する量が決まっているんですか？」

「ええ。好きなだけ収穫となるとあっという間に食料が尽きます。じゃがいもは特に収穫量が足りないようで……」

紫乃が颯に尋ねると、そう教えられた。

じゃがいもは左京の屋敷にも時々届けられるが、その貴重ないもを分けてもらえているようだ。

「じゃがいもを育てている畑が少ないのでしょうか？」

「土地は余っているんですよ。ただ、皆働きたがらず、すぐに育つ野菜ばかり育てるんです」

植えてから収穫までに時間を要するいもは、作る気になれないようだ。

「それじゃあ、皆で作りましょう。私、得意なんです」

紫乃が意気揚々と声をあげると、その場にいた全員がきょとんとしている。左京でさえも。

「左京さま。この美しいお着物を汚してしまうのも気が引けるので、畑用にもう少し値が張らない物を買い求めてはいけませんか？」

紫乃は、左京に最初にそろえてもらった浅蘇芳《あさすおう》色の着物に視線を送りながら尋ねた。

「構わないが……紫乃が畑仕事をするのか？」

「はい。村では毎日しておりましたから、作り方は心得ています。ご心配なく」

「いや、そんな心配をしているわけではないのだが」

左京は困惑している様子だったが、紫乃の心は弾んでいた。

早速呉服屋で木綿の着物を手に入れたあと、着替えさせてもらう。畑仕事に長い裾は邪魔なので、帯で端折って短くし、袂《たもと》はたすき掛けをして準備万端で畑に向かった。

手鞠も蘭丸も、張りきる紫乃に興味津々だ。

「本当に畑仕事をするつもりか？」

一驚した様子の左京が、何度も確認してくるのがおかしい。

「もちろんです」

「紫乃さま、私が……」

「颯さんにも、手伝っていただきますよ。よろしくお願いします」

「そうではなくて……」

颯は慌てているが、紫乃の笑顔が曇ることはない。そもそも〝斎賀さま〟などと尊ばれるのは性に合わないのだ。こちらのほうが自分らしい。

「こんな広い土地を遊ばせておくなんて、もったいないわね」

草ぼうぼうの広大な敷地を前に、紫乃の目は輝く。群馬の村では野菜を育てようにも土地がなかったので、贅沢に思えるのだ。

「鍬《くわ》もあるのね。早速始めますか」

紫乃は、鍬を片手に畑に入っていった。

「斎賀さま、なにをなさって……」

噂《うわさ》を聞きつけたあやかしたちが次第に集まり始め、不思議がっている。

「なにって、じゃがいもを植えるんです。時間がある方は手伝っていただけると……」

紫乃がそう答えるも、皆遠巻きに見ているだけだ。

畑仕事は重労働だし、楽しいものではないだろう。だから必要だと思われるぎりぎりの量だけ生産して、取り合いになるに違いない。

しかし、いもが足りなくなるのを防ぐという意味でも、苦楽をともにして仲を深め、互いをいたわる気持ちを育てるという意味でも、この畑仕事は無駄にはならないはずだ。

「紫乃さま、私もしていいですか？」

「もちろん。手伝ってくれてありがとうね」

手鞠の表情が明るい。やってみたかったのかもしれない。

直後、蘭丸も手鞠の隣で草を抜き始めた。

「紫乃、無理はするな」

「大丈夫ですよ。久しぶりなのでワクワクしています」

紫乃が答えると、左京は不思議そうに見つめる。

「楽しいのか？」

「はい。お水が必要なんですけど……」

「それは私が川から運んでこよう」

左京まで手を貸してくれることになり、水汲《みずく》み桶《おけ》を持ち、空へと羽ばたいていった。

それから紫乃は、一心不乱に畑を耕し続けた。足元は汚れ、買ってもらったばかりの着物には砂が舞い、にじむ汗できっとひどい顔をしている。しかし、手を止めなかった。

ふと気がつけば、見ていただけのあやかしたちがいつの間にか畑に入ってきて、草むしりを手伝っている。

「皆さん、ありがとう」

紫乃が声をかけると、あやかしたちは笑顔を見せてくれた。

「紫乃さまー、抜けません」

手伝いをしてくれる蘭丸が、生い茂った草を引き抜こうとして悪銭苦闘している。

「任せて」

草むしりなど日常茶飯事だった紫乃は、張りきってぐいと草を握り、渾身《こんしん》の力を込めて引っ張った。

「わっ……。痛っ」

草は見事に抜けたが、勢い余った紫乃はひっくり返り、尻餅をつくどころかうしろに一回転するありさま。なにが起こったのか一瞬わからず目をぱちくりさせていると、青ざめた顔の左京が飛んできて紫乃の肩を抱いた。

「大丈夫か？」

「……あ。多分、大丈夫です」

少し腰が痛い気がするけれど、ずっとかがんで作業をしていたからのような気もして、曖昧《あいまい》に答える。

「多分とはなんだ」

こんなに慌てた左京の姿は貴重だ。竹野内の屋敷に乗り込んだときでさえ、平然としていたのだから。

「ちょっと腰が……」

「もう畑仕事は終わりだ」

正直に答えると、軽々と紫乃を抱き上げた左京は、高尾山の屋敷へと帰らんばかりの勢いだ。

「お待ちください。ずっと鍬を使っていたから痛いだけです、きっと」

せっかくあやかしたちが手伝い始めたのに、今帰ってしまっては台無しだ。

「本当か？」

「はい。少し休憩しますね」

紫乃がそう言うと、左京は紫乃が握りしめたままの草をじっと見ている。

「これは、それほど貴重な物なのか？」

左京の質問も仕方がない。一回転しても離さなかったのだから。

「いえ、ただの雑草です」

「は？」

「でも、見てください。こんなに立派に根を張っているんだもの。この土地は、きっと作物がよく育ちます」

紫乃は草を少し持ち上げて、周囲のあやかしたちにも聞こえるように話した。

生える雑草の種類によって、土地が肥えているかそうでないか見分けられるという話を耳にしたことがある。しかし中村家のような小作人は土壌がどうであれ、そこで野菜を育てるしかないので、この草がどんな意味を持つのか紫乃は知らない。とはいえ、じゃがいもは比較的どんな土地でも育つはずなので、皆の士気を上げたくて言った。嘘も方便だ。

「頑張ろう」

「やるぞやるぞ」

疲れが見えていたあやかしたちの表情がたちまち明るくなり、せっせと体を動かし始める。

「まったく、お前は……。一筋縄ではいかぬ女だ」

しかし紫乃を抱く左京は、あきれ顔だった。

「す、すみません……」

左京の妻として、たおやかな笑みを浮かべて上品な振る舞いをすべきだったかもしれない。紫乃は反省して謝った。

けれど次の瞬間、左京の口角が上がる。

「しかしこの暴れ馬、いい顔をして笑う」

ようやく紫乃を下ろした左京は、優しい目をしている。

「頼もしい我が妻よ、ほどほどにしておきなさい」

「はい!」

子供のような元気な返事をしてしまった紫乃が口を手で押さえると、左京はふと笑みをこぼした。

それからどれくらい経ったのだろう。一心不乱に鍬を動かし続けていると、一面に生えていた草がほぼなくなった。

どこで聞きつけたのか、あやかしたちも倍増している。さらには、先ほどけんかをしていたふたりも作業に加わっているのが見えて、紫乃の頬は緩む。

「頑張ったー」

西の空が赤く染まりだしたことに気づいた紫乃は、うーんと伸びをして腰を伸ばした。

「皆さん、手伝ってくれてありがとう。今日は終わりましょう」

「斎賀さまはさすがだ」

「皆でやれば早い」

意図せず魅了の力が働いていて、皆が手を貸してくれたのかもしれない。そうだったとしても、それぞれが自分の意見を好き勝手に主張して言い争いをするよりずっといい。同じ苦労を味わい、それを乗り越えることで、他者をいたわる気持ちも備わるのではないかと期待してしまう。

あやかしたちを見て微笑んでいると、左京が隣に歩み寄り紫乃の頬をそっと撫《な》でるので、どきりとする。

「まるで子供だ」

「あっ……」

どうやら頬についていた泥を拭ってくれたようだ。

群馬にいた頃は泥だらけになって働くのがあたり前で、あまりに汚れたら川まで行って、着物のまま水に飛び込んだものだ。

「お前は本当に……なにをしだすかわからぬな」

左京は紫乃の手を取り、眉をひそめる。

「すみません……」

紫乃にとっては充実した時間だったが、左京まで巻き込んで迷惑だったかもしれない。

「もうやらなくていい」

左京は顔をしかめながら、強い口調で言う。

やりすぎたかもしれないと反省して頭を下げようとすると、近くで手鞠と蘭丸の手を洗ってやっていた颯が口を挟んだ。

「手に肉刺《まめ》ができるほど頑張る紫乃さまが心配なんですよね」

「え？」

左京が紫乃の手をまじまじと見ていたのは、そういう意味があったのか。

相変わらず言葉が足りない左京がおかしいけれど、気遣ってもらえてとてもありがたい。

「これくらいは平気です。ご心配をおかけしました。久しぶりに思いきり動いて、楽しかったくらいです」

村にいた頃は常に疲れていたため、畑仕事をしたくないと思う日もあった。しかし今日は、手伝いの手が増えていくことも、畑を耕す皆が笑顔であることも、紫乃の心を躍らせた。

「斎賀さま、どうぞお持ち帰りください」

団子屋の店主が団子をたくさん持ってきてくれる。

「いいんですか？」

「もちろんです。じゃがいもからも餅を作れるんですよ」

「そうなの？　私にも作れるかしら」

満面の笑みで団子を食べていた蘭丸と手鞠を思い出し、屋敷でも作れないかと尋ねる。

「ええ。よければ今度お教えしますよ」

「お願いします」

ここに来たばかりのときは腰が引けていたのに、今はこうして会話できるのが楽しいくらいだ。

紫乃と店主が話していると、手を土で真っ黒にしたあやかしたちが紫乃の周りに集結する。

「手伝ってくれてありがとう。助かりました」

紫乃は首を垂れる。

「斎賀さまが畑仕事なんて」

「すごいすごい」

「けんかもなかったぞ」

「斎賀さまのおかげです」

「ありがたい、ありがたい」

あやかしたちから次々と声をかけられ、それだけでなく手を合わせて拝まれてしまい気おくれするも、紫乃は白い歯をこぼした。

左京は、砂まみれの紫乃を嫌がることなく抱いて屋敷に帰ってくれた。子供たちは疲れてはいたけれど、いつもよりにこやかな表情をしている。畑仕事が楽しかったようだ。

屋敷に戻るとすぐに手鞠と蘭丸と一緒に風呂に入り、汚れた体をきれいに流した。

「紫乃さま」

「なあに？」

「明日も、かんざしつけましょうね」

「そうね」

手鞠はかんざしがよほどうれしかったらしい。彼女の心が弾んでいるのが見えるようだ。

団子に気をとられていた蘭丸は、おそろいのかんざしがないことに落胆していたけれど、颯に「団子の串でも挿しておけ」と言われて「そっか！」と本気で答えていたのがおかしかった。

お風呂から上がると、さすがにふたりは倒れるように眠りにつき、紫乃もまた自室の布団でまぶたを下ろした。

数日後。紫乃は左京に頼んでまた市のある山に連れていってもらうことにした。

今日は颯が出かけているので手鞠と蘭丸は連れていけず、がっくりと肩を落としていたものの、紫乃が団子の土産を約束すると、渋々送り出してくれた。

左京に抱かれて空高く舞い上がる。初めて空を飛んだときは緊張したけれど、景色を楽しむ余裕もできた。

淡い月の光に照らされる左京の髪も美しいが、太陽の光を浴びて輝くそれもまた格別だ。

山奥であるがゆえ静寂が漂っており、左京が羽をはばたかせる音と小川のせせらぎの音だけが響いている。

市のある山が見えてくると、目を疑うような光景が飛び込んできた。あの畑で多くのあやかしたちが働いているのだ。

紫乃が赴かなければ畑仕事はしないと思っていたので、かなり驚いた。左京も「これは……」と感嘆の声をあげている。

「やはり斎賀の血のおかげでしょうか。手伝ってほしいと言ったのが、命令になってしまったのかな」

手を取り合いながら畑を耕す姿は微笑ましいけれど、その一方で魅了の力を都合よく使っているのではないかという不安もある。

「皆、紫乃が顔を真っ黒にしながら汗水たらす姿に感化されたのだ。たしかに、斎賀の血が彼らを惹きつけるところはあるだろう。しかし、紫乃がそばにいなくても率先して働いているではないか。紫乃は紫乃自身の魅力で、彼らの気持ちを前向きにしたのだよ」

左京にそう言われると、自信が湧いてくる。

斎賀一族としてなにかしなければという焦りはあるものの、魅了の力をどう使えばいいのかよくわからない。でも、今の自分のままであやかしたちと接すればいいのかもしれない。間違えたら、きっと左京が止めてくれる。

「左京さまは、私に自信をくださいますね」

「なんの話だ」

左京は祝言のとき、『これからなにができるのかは、私とともに考えていけばよい』と言ってくれたが、まさに紫乃に寄り添い隣を歩いてくれる。

皆の上に立てるだろう高位のあやかしだというのに、紫乃を助けるために水くみに走ってくれたのもそうだ。

それに……酔いの回った彼に『私はお前の夫なのだ。どんなことでも受け止めてやる』と言われたのも大きい。

「ふふっ、なんでもありません。さて、今日も頑張ります」

「もう肉刺ができるほど鍬を振ってはならんぞ。約束できなければ、地上には下ろさん」

「あはっ。善処いたします」

左京は少し過保護だ。けれど紫乃にはそれが心地よかった。

畑の近くに下りると、紫乃に気づいたあやかしたちが一斉に寄ってきて、あっという間に囲まれる。

左京がはじき出される形となってしまい、なんだか申し訳ない。

彼はそもそもほかのあやかしたちから一目置かれるような存在なのに、紫乃に魅了の力があるというだけで、途端に扱いが軽くなってしまうのだ。

「皆さん、お疲れさまです。今日も頑張りましょうね」

「斎賀さまのお出ましだ」

「頑張る、頑張る」

あやかしたちの元気な声に、紫乃が励まされた。

その日もまた左京に手助けしてもらいながら、たくさんの種いもを植えていった。

「斎賀さま、こっちもお願いします」

紫乃が植えたじゃがいもに水をやっていると、男性のあやかしに腕を引かれた。

「耕し終わったのね。すぐに行き——」

「放しなさい」

近くで運んできた水を桶に分けていた左京が突然間に入ってきて、紫乃の腕をつかんでいたあやかしの手を振りほどく。

その表情はどこか険しく、瞬時に緊張が張り詰める。

「……はい」

驚いたあやかしはすぐに手を引いた。それを確認した左京は、なにも言わずに離れていく。

「えっと……。次は種いもを植えるのよね。やってみましょう」

紫乃は左京が気になりつつも、次の作業に入った。

団子屋に寄り、じゃがいもから餅を作る方法を教えてもらったあと、醬油《しょうゆ》の焦げたおいしそうな香りが漂う団子を手に入れて屋敷に戻ると、蘭丸と手鞠が玄関に走り出てきて、紫乃に抱きつく。

「どうしたの？」

「紫乃さまがいないと寂しいー」

颯はすでに帰っているようだが、蘭丸が泣きそうな顔をしている。

「留守にしてごめんね」

驚いたものの、ここに来てまださほど月日が経っていないのに必要な存在になれているのかなと、うれしくもある。

「お団子買ってきたよ。食べようね」

「はい」

いつもは冷静な手鞠まで白い歯を見せるので、紫乃の笑顔も弾《はじ》けた。

その晩も早めに床に就き、眠りに落ちた。

「……母ちゃん？」

髪を優しく撫でられている気がしてまぶたを持ち上げると、目の前に左京の整った顔があって目を瞠《みは》る。彼は隣に横たわり、紫乃の髪を撫でていた。

「左京さま……」

紫乃が体を起こそうとすると止められてしまった。

「ど、どうされたのです？」

ほんのり酒のにおいがする。今宵《こよい》も酔っているようだが、こうして添い寝をしていたのは初めてで、どぎまぎした。

「どうしたって……妻の顔を見に来たのだ。迷惑だったか？」

「決して迷惑ではございませんが……」

紫乃が答えると、左京は目を細めた。

彼は酔うと、表情が豊かになる。

それにしても、妻の顔を見に来たという返答は意外すぎた。

仕方なく紫乃を嫁にしただけだろうに、まるで本当の妻のような言い方をされて、心臓が早鐘を打ち始める。

「今宵はこうしていたいのだ」

「はい……」

再び手を伸ばしてきた左京に髪を撫でられると思ったら、その手は背中に回り、強く抱きしめられた。

いつもは左京の膝の上で、彼の規則正しい心臓の鼓動を聞いているうちにいつの間にか眠りに落ちてしまうのだけれど、さすがにこんなふうに抱き寄せられては目が冴えるばかりだ。

「さ、左京さま？　やはり、なにかあったのでは？」

「ああ、あった」

息をするのも苦しいくらい拍動が速まる一方で、左京が心配でたまらない。

「どうされたのですか？」

紫乃が左京の厚い胸板をそっと押し返すと、彼は背に回した手の力を緩めて、強い視線を送ってくる。

「紫乃は私の妻なのだ」

「……はい。そうですが」

「お前に触れていいのは私だけだ。誰にも触れさせたくない」

左京の言葉に、紫乃ははたと気づいた。畑で作業をしていたとき、ほかのあやかしに手を引かれたのが気に入らなかったのかもしれない。

そうであれば、左京は妬《や》いているのだろうか。いや、偶然拾っただけのかりそめの妻である自分に、そんな感情を抱くわけがない。

紫乃の心は激しく揺れる。

けれどもし、左京が嫉妬を抱いているとしたら……好意を向けてくれているのではないかと期待してしまう。

——期待？　私はなにを期待しているの？

紫乃は気づいてしまった。自分の心の中に潜む、左京への恋心に。

恋心を自覚した途端、背中に触れる左京の指や間近で感じる彼の息遣いをいっそう強く意識してしまい、息をするのも忘れる。

「紫乃は、私の妻だ」

左京はそう繰り返し、もう一度紫乃を腕の中に閉じ込めた。

もし左京が自分を好いてくれているのだとしたら、これほど幸せなことはない。しかし酒が入っているときの彼は、これまで何度も甘い言葉をささやいた。それなのに翌朝になるとそれをひとつも覚えておらず、まるで別の人格のように素っけない会話に戻る。

だとしたら、期待してはいけない。闇夜に月が昇る間だけでも本物の妻でいられるのであれば、この時間を大切にしなければ。

紫乃はこっそり左京の着物を握りしめ、彼の胸に自分の頬をぴたりとつけた。

揺るぎない兄妹の絆

手鞠が朝から鏡を覗いてばかりいる。というのも、左京が買ってやった赤い玉かんざしが気に入ったようなのだ。

紫乃に新しいつげの櫛で丁寧に髪を梳いてもらったあと、髪に挿して悦に入っている。

普段はこの屋敷で一番と言っていいほど大人の振る舞いをする手鞠が、自分の欲求に素直になり頬を緩ませているのが紫乃はうれしいらしく、手鞠を見ては目を細めていた。

そして左京は、そんな紫乃を見て微笑ましく思う毎日だ。

酒をひっかけるたびに、いつの間にか紫乃の部屋に足が向く。

あの部屋から見える絶景が気に入っているのもある。しかしそれより、毒に苦しみ生死をさまよった紫乃の姿がいつまでも頭から消えず、彼女が逝ってしまうのではないかと不安になるのだ。夜の闇が幾重にも重なり、風が起こす壁板のカタカタという音しか聞こえなくなると、夜陰に乗じて彼女の命を奪う何者かが現れるのではないかと。

紫乃の存在を感じながら飲む酒は格段にうまく、左京にももしや魅了の力が働いているのではないかとも思ったが、そうではない。死を悟り晦冥《かいめい》の中にありながらも、左京の命を慮《おもんぱか》った紫乃の心根の美しさに惹かれているのだ。

紫乃は間違いなく斎賀の血を引いている。しかし〝玉、磨かざれば光なし〟とも言うがまさにその通りで、紫乃は逆境をも味方にして自分を磨き、さらなる高みを目指すような女性であるからこそ、皆に慕われるのだと左京は感じている。

ただし、常に自分になにができるのかと模索しては難しい顔をしている彼女に、あまり重い荷物を背負わせたくないのも本音だ。斎賀の人間だからといって、自分を犠牲にする必要などなく、彼女自身が幸福に包まれながら生きていってほしいと思うのだ。

それは、天狗一族から死を望まれた挙げ句、澪に命を助けられ、生きることが義務になっていた左京の心からの願いでもある。左京は紫乃に出会って、この世に生を受けた幸せを噛みしめられるようになったのだ。紫乃にも生きる喜びを感じながら、この先の人生を歩んでほしい。

「左京さま」

紫乃が手鞠や蘭丸と一緒にいもで餅を作る姿を見ていると、玄関から颯の焦るような声が聞こえてきた。

颯には紫乃の姉たちの軀《むくろ》がどこに葬られているのか捜すように伝えてあるが、この声の調子からして見つけたのかもしれないと期待が高まる。

玄関に視線を向けた紫乃を手で制した左京は、颯のところに急いだ。

表情を引き締めた颯を促し自室に入った左京があぐらをかくと、颯はその前に正座する。

「見つかったのだな」

「はい。帝都のはずれの山寺に埋葬されているようです」

寺に安置されていると聞き、その点では安心した。どこかに放置されているのではないかという懸念もあったからだ。

「寺ではきちんとお経もあげられているようです。竹野内の手下たちが我々あやかしの報復を恐れたようで、せめてもの償いだったようですね」

「なるほど」

時子たちのためというよりは、自分の身を守るためだったようだ。

どこまでも身勝手で腹立たしいが、竹野内に比べたらまだましだ。

「墓の場所も確認してまいりました。紫乃さまをすぐにでもお連れできますが……その寺というのが、大西願寺《だいせいがんじ》なのです」

「そうか……」

大西願寺とは、以前手鞠が仕えていた商家の近くにある寺の名だ。

人間にとってあやかしは忌み嫌う存在なのだが、住み着いた家に富をもたらす手鞠たち座敷童や、川の水を美しく保つ河童《かっぱ》など、人間の生活に貢献している者も多数いて、一部は共存できていた。

それにもかかわらず、そうしたあやかしたちをも、思い通りに動かしたいと考える陰陽師一族がいるのが厄介だ。

陰陽師には、竹野内のようにほとんど力を持たない名ばかりの者もいる。しかし中には、式神を操り、呪詛《じゅそ》であやかしや気に入らない人間を殺めるほどの力を持つ一族もいるのが現実なのだ。

「とにかく紫乃に話をしよう」

「はい。それともうひとつ。警察や政府は、再び天狗が帝都を襲うと恐れているようです。竹野内はもう使えませんから、別の陰陽師を探しているという噂もあります」

颯の言葉に、左京は眉をひそめた。

かつては絶大な力を誇りながら、人間とあやかしの仲を取り持つ斎賀家のせいで活躍の場を失い都落ちしたとある陰陽師一族が、返り咲く要素ができつつある。望まれれば、意気揚々と表舞台に出てくるだろう。

紫乃も、そしてあやかしも彼らの標的になる。

「動きがあれば教えてくれ」

「かしこまりました」

「斎賀家についてはどうだ？」

左京が尋ねると、颯は肩を落として首を振る。

「旭にも手を貸してもらっていますが、なにも浮かんできません。陰陽師からも法印からも身を隠してひっそりと生きていらっしゃったのではないかと」

「そうだな」

「左京さま、団子ができました！」

廊下をパタパタと駆けてくる蘭丸の声がして、颯との会話は途切れた。

紫乃が市の団子屋から作り方を教わった団子は、形はいびつだったが、甘辛いたれが口の中に幸せを運んでくる。

「おいしいー」

口の周りをたれで汚した蘭丸が、歓喜の声をあげる。

相変わらず背筋を伸ばして正座する手鞠も口に運ぶ間隔が短めで、気に入っているのだとわかった。

パクパクと食べ進めるふたりを、紫乃は優しい目で見ている。

「紫乃。少し話がある。私の部屋へ」

紫乃が食べ終わったのを見計らい左京が呼ぶと、手鞠は紫乃を視線で追う。彼女は蘭丸のようにあからさまに感情を表すことはないが、紫乃から離れたくないという気持ちがひしひしと伝わってくる。

母を目の前で亡くした手鞠は、その母と同じように自分を優しく包み込んでくれる紫乃が大好きなのだろう。

左京は紫乃を自室に連れていき、自分の対面の座布団を勧めたあと、心なしか緊張した面持ちの彼女に話し始めた。

「時子たちの墓が見つかった」

「本当ですか」

大きな目を一層見開き、興奮気味に腰を浮かせる紫乃に、うなずいてみせる。

「帝都のはずれの寺で、弔われているようだ」

「よかっ……よかった。あんな苦しい思いをして旅立ったのに、ひどい扱いをされていたらと……」

紫乃の目がたちまち潤み、声が震えている。前を向いて生きていく覚悟を決めた彼女だけれど、ずっと姉たちのことが気になっていたに違いない。

「どこに行けば会えますか？」

「大西願寺という立派な寺だ。ここから歩いていくには遠い。明日の朝一番に、私が連れていこう」

「ありがとうございます」

紫乃は畳に手をつき、深々と頭を下げてくる。左京は紫乃の肩を持ち上げて首を横に振った。

「そんなふうに恐縮する必要はない。夫が妻のためになにかしたいと思うのは、当然だ」

「左京さま……。はい」

紫乃がようやく笑みを見せたため、左京は安心した。

左京の部屋から出ていった紫乃は、廊下で手鞠と蘭丸に捕まっている。ふたりは常に彼女を捜していて、遊んでほしいとせがむのだ。

「明日もお団子作ろー」

紫乃の手を握ってねだる蘭丸は、相当団子が気に入っている様子だ。

「ごめんね。明日はお出かけするの」

「どちらに？　市ですか？」

手鞠が市を持ち出すのは、自分も行きたいからに違いない。

「ううん。市じゃないの。大西願寺というお寺に――」

「大西願寺？」

手鞠の表情がたちまち固まった。

「私も……私も連れていってください。お願いします」

彼女は紫乃の着物に縋《すが》りつき、必死の形相で懇願する。

「えっ、どうしたの……？」

声高に訴える手鞠と困惑気味の紫乃のところに、左京は近づいていった。

「手鞠」

「左京さま。私も行きたいです」

今度は背伸びをして左京の着物を握り、強く望む。

「落ち着きなさい」

「嫌です。私も行きます」

手鞠がこれほど駄々をこねるのは初めてだ。紫乃も驚いた様子で、目をぱちくりさせていた。

「しかし……」

「寺に行けるだけでいいのです」

手鞠がこれほどせがむのは、おそらく以前仕えていた商家の息子に会いたいからだ。

座敷童は仕えている家では気配を消しているのだけれど、なぜかその息子には手鞠が見え、兄妹のように育ったのだとか。

とあることがきっかけで、手鞠はその家を去ることになったが、まともに別れの挨拶もしていないはず。人間が怖い手鞠も、彼だけは特別なのだ。

「……わかった。ただし、会える保証はないぞ」

「はい！」

承諾すると、手鞠は白い歯を見せ、紫乃は首をひねった。

◇◇◇

手鞠がなぜか興奮して、姉の時子が眠る寺に行きたいと訴えてくる。どうやら左京は事情を知っているらしく、紫乃は夕餉《ゆうげ》の片付けのあと彼の部屋を訪ねた。

「左京さま」

「入りなさい」

障子を開けると、湯浴《ゆあ》みを済ませ寝巻きに着替えた左京が、窓の近くで物思いにふけっている。

「来ると思っていた」

すでに酒を傾けているかと思いきやそうではないようで、彼は紫乃を手招きする。

片膝を立てているせいで、着物がはだけて左京の脚がちらちらと見えており、目のやり場に困る。視線をそらしながら近くまで行き正座をした。

「手鞠のことだな」

「はい」

「少し長くなるぞ」

左京はそんな前置きをしたあと、話し始めた。

「手鞠は十年ほど前まで、大西願寺の門前町にある、とある商家に仕えていたのだ。座敷童は人間に富と幸せを運ぶ。豆腐屋や味噌《みそ》屋を営むその商家も商売繁盛していて、門前町では一目置かれるような存在だった」

手鞠の過去を初めて聞く紫乃は、緊張しながら耳を傾ける。

「その家には五歳になる正治《まさはる》という男の子がいた。座敷童は恐れられぬように仕えている家では姿を消しているのだが、なぜか正治には手鞠が見え、しかし怖がることなく手鞠を妹のように大切にした」

「そんな存在がいたのですね……」

手鞠は人間嫌いだと聞いていたので、意外だ。

「そうだな。正治はいつも手鞠に話しかけ、ときには一緒に眠ってくれたそうだ。座敷童は存在を認知されず孤独がゆえ、いたずらをして人間を驚かせて遊ぶのだが、手鞠には正治がいたからいたずらもせず、家の者は手鞠の存在にまったく気づかなかったとか」

紫乃は手鞠と初めて会話を交わしたとき、『座敷童はいたずら好きとか言われますけど、私はそんな面倒なことはしません』と話していたのを思い出した。

「しかしあるとき、別の家に仕えていた手鞠の母が、とある陰陽師に見つかり捕まってしまった」

「えっ……」

左京の胸にある深い傷を作ったのも陰陽師。ただでは済まなかったのではないかと、緊張が走る。

「それを耳にした手鞠は、なりふり構わず陰陽師のもとに走り、母を返してほしいと懇願した」

悪名高き陰陽師の噂が耳に入っていれば、手鞠も恐ろしかったはず。けれど、大切な母とあらば、勝手に体が動いたのだろう。

「その陰陽師は、手鞠が仕えているあの商家が気に入らない。そこの息子を殺めてくれば、母を解放してやると手鞠に告げた」

「そんなひどい話……」

紫乃は絶句してそれ以上言葉が出てこない。兄と慕う正治を手にかけろだなんてあんまりだ。

左京も大きなため息をついて、唇を噛みしめている。

「手鞠は一旦商家に戻り、眠る正治の枕元に行って、首に手を伸ばしたそうだ」

あまりに残酷な現実に、紫乃の視界が滲《にじ》む。

これ以上聞きたくないと心が叫んでいる。けれど、これは人間が犯した愚かな過ちだ。同じ人間である自分は逃げずに聞かなければならないと、腹に力を入れた。

「手鞠の気配を感じた正治が目を覚まし、『寂しくなったのか？　一緒に寝るか？』と尋ねたようだ。そんな正治を自分の手で殺せるはずもない。手鞠はそのまま商家を飛び出し、陰陽師のところに走った」

そのときの状況が頭に浮かび、紫乃は心を落ち着かせるために深い呼吸を繰り返す。

すると左京が紫乃の腕を引き、抱きしめた。

「もうやめておくか？」

「いえ。聞かせてください。手鞠ちゃんのことをもっと知りたいのです」

紫乃がそう伝えると、左京はすーっと大きく息を吸い込んでから続ける。

「手鞠は陰陽師に、正治は殺せない、ほかのことならなんでもするから母を返してほしいと訴えた。しかし……」

左京はそこで言葉を止める。しばらく続いた沈黙が緊張を煽ってくるが、その先を促す度胸が紫乃にはなかった。左京がためらう理由に気づいてしまったから。

「……陰陽師は、手鞠の目の前で母に刀を振り下ろした」

そんな残酷な話があるだろうか。兄と慕う正治と母の命を天秤《てんびん》にかけさせた陰陽師の罪は深い。手鞠にとって、どちらもかけがえのない大切な人。選べるわけがない。

「嫌……」

紫乃が思わず声をあげると、左京の腕に力がこもる。

「座敷童が捕まったと颯から聞いた私は、陰陽師のもとに駆けつけた。しかし間に合わず……道中で横たわる母を必死に揺さぶり泣き叫ぶ手鞠を見つけた。母は最後の力を振り絞り、手鞠を連れて陰陽師のところから逃げたのだそうだ。しかし、残念ながら……」

そこで息絶えてしまったのだろう。

いつもは張りのある左京の声が弱々しい。けれど当然だ。あまりに残忍な陰陽師の行為に、平気でいられる者などいるだろうか。

「そのとき、手鞠は忘れな草を握りしめていた。母が最後に手鞠に贈ったのだ」

忘れな草には、真実の愛という意味が込められていると以前聞いた。左京は『母は手鞠に愛していると伝えたかったのだろう』とも話していたが、紫乃もそうだと感じる。

「ひとりになってしまった手鞠をこの屋敷に連れてきて、それからここで育てている。

手鞠は自分の行動が母を死に追いやったと悔い、もっと大人の立ち回りができたなら、母は助かったと思い込んでいるのだ。だから――」

「だから、あんな大人びた言動を……？」

紫乃は左京の言葉を遮って言った。

手鞠が五歳とは思えぬほど落ち着いているのも、言葉遣いや行動が大人びているのも、全部母を亡くした後悔からだったのだ。

紫乃はいつの間にかあふれていた涙を拭い、左京から離れる。

「手鞠ちゃんのせいなんかじゃないのに」

「もちろんだ。手鞠はなにも悪くない」

そう断言され、再び涙が止まらなくなる。

苦々しい顔の左京は、天を仰いで呼吸を整えてから続ける。

「……手鞠には話していないが、陰陽師は手鞠が正治を殺せないことなどわかっていたはずだ。ただ母を殺める口実にしたかっただけ。しかも、自分のせいで母が死んだと手鞠の心をえぐるためにしたのだ」

「ありえない」

紫乃は悔しさに歯噛みする。

「あの陰陽師一族ならば、考えそうなことだ。実際私のときも……」

左京は話しながら、自分の胸に手を置いた。

「呪術をかけられて動けなくなっていたのだから、心臓をひと刺しすればよかった。しかし、あえてしなかった」

「どうしてですか？」

「一撃で殺めるより、私の苦しみを倍増させたかったのだ。悶《もだ》え苦しむ私を見て、あいつは笑っていた」

左京は膝の上の拳を強く握り、怒りで声を震わせる。

「なんてひどい……」

紫乃は思わず左京の手を握った。

「私はそのおかげで助かったのだが……。あの一族は、そうした残虐非道な方法であやかしをいたぶって面白がっている。決して許すことはできない」

陰陽師の家門はいくつもあり、それぞれが持つ能力もまちまちのようだが、左京を殺めようとしたのは手鞠の母を手にかけた陰陽師と同じ一族なのだと知り、衝撃を受けた。そのような残忍酷薄な性格を受け継ぐ意味が、どこにあろうか。

紫乃の心に激しい怒りが込み上げてくる。そのとき澪が現れなければ、左京は苦しみと悔しさの中、死を迎えただろう。

「左京さまが生きていてくださって……本当によかった」

紫乃の頬に大粒の涙が伝う。

「泣くな。私のために泣かなくていい」

これが泣かずにいられるだろうか。

死の淵から蘇《よみがえ》った左京は、この上ない苦しみを味わったからこそ優しさを持ち合わせているのかもしれない。

「そんな非道な陰陽師がいるなんて……。同じ人間として恥ずかしい」

紫乃の胸はやりきれない気持ちでいっぱいだった。

おそらく、斎賀家の先祖たちも、そうだったのではないだろうか。だからこそ、一方的に人間の肩を持とうとせず、あやかしにとっても人間にとっても、正しいと思う道だけを進んできたのだ。

「紫乃」

左京は大きな手で紫乃の頬を包み込む。

「たしかにお前は人間だ。だが、あの陰陽師一族とは違う。恥じる必要はない」

「……はい」

人間とあやかしの共存が叶《かな》わないのは、その陰陽師一族や法印のような身勝手で自分本位な者たちがいるからだろう。手鞠と正治のように、仲良く暮らせる者もいるのだから。

あやかしと人間、一方的にどちらかが悪いのではないとはっきりわかった紫乃は、両者の仲を取り持つという斎賀家が果たしてきた役割を、これからも誰かがしなければならないと強く感じた。そしてそれが、自分なのだと。

翌朝。天つ日の光が窓から差し込む部屋で、紫乃は手鞠の髪を結い、玉かんざしを挿してやる。手鞠は上機嫌ながら、ふとした瞬間に緊張した面持ちも見せた。

正治に会いたい一方で、一度は殺めようとした後悔でいっぱいに違いない。

紫乃は、左京からあれほど悲しくそして凄惨な過去を聞き、昨晩は涙が止まらなかったけれど、なんとか気持ちを立て直した。手鞠を励ます立場の自分が泣いているわけにはいかない。それに、顔をしかめていては時子が心配する。

「よし、できた」

そう伝えると、手鞠は鏡を覗き込み熱心に自分の顔を見ている。

「かわいいよ」

だから紫乃はそう付け足した。すると彼女は少し照れた様子ではにかみ、こくんとうなずいた。

手鞠を抱いた紫乃を左京が抱く。重いのではないかと心配したが、左京は難なく澄明な空に羽をはばたかせた。太陽の光を浴びたまばゆい純白の羽は、いつ見ても美しい。大きく優雅に動く様に見惚れるほどだ。

やがて遠くに街が見えてきて、左京は近くの林に降り立った。

「ここから少し歩く」

「承知しました」

寺まで飛んでは、天狗の姿を誰かに見られてしまう。悪名高き陰陽師一族がどこに潜んでいるのか知る由もないけれど、彼らに見つかっては大事になる。

紫乃は手鞠の手を引き、天気がよく草いきれのする道なき道を歩き始めた。すると前を歩いていた左京が振り返り、手を差し出してくる。

「どうかされましたか？」

「この先しばらく道が悪い。転ばぬよう、握っていなさい」

それなら手鞠を任せたほうがよいのではないかと紫乃が考えていると、左京から手を握ってきた。

「紫乃は手鞠を頼む」

「は、はい」

ここは恥ずかしがっている場合ではない。手鞠にけがをさせては大変だと、左京の手を強く握り返す。すると左京が驚いたように眉を少し上げた。

道が開けてくると、歩みが遅くなり疲れを見せる手鞠を左京が抱き、先を急ぐ。こうして歩いていると親子のようで、紫乃の顔はほころんだ。

街に入ると、ひとつに結われた左京の長い銀髪と、透き通る碧《あお》い目はどうしても人々の注目を集める。

「ありゃあ、外人さんか？　初めて見た」

「碧い目が不気味だねえ」

「そばに寄ったらだめだ。なにされるかわからんぞ」

政府が産業を発展させるために外国から様々な技術を持つ者を招いているという話を、紫乃も耳にしたことがある。しかし実際にお目にかかったことはなく、この街の人々もそうなのだろう。興味はあるが、遠巻きに見ているだけで近寄ってはこない。

ひそひそ話は左京にも聞こえているだろうけれど、彼は顔色ひとつ変えず、堂々と足を進めた。

しばらく行くと、小高い丘の上に寺らしき建物が見えてきた。

「手鞠？」

紫乃が、時子にようやく会えると胸躍らせたそのとき、学生服に制帽をかぶった、凛々《りり》しい眉を持つ男子学生に声をかけられた。

左京に抱かれていた手鞠に近づいた彼は、まじまじと見つめている。

「手鞠……。本当に手鞠だ。会いたかった……すごく会いたかったんだ。手鞠がいなくなって、僕……」

彼は顔いっぱいに喜びを表したが、感極まったのかうっすら涙ぐんでいる。

手鞠の名を知る彼は、正治だろうか。幼い彼を想像していた紫乃は混乱したが、あやかしの一年は人間の十年ほどに匹敵すると以前聞いたのを思い出した。

彼に会いたくてついてきたはずの手鞠は、左京にしがみついて顔を隠してしまう。

「どうした、手鞠。正治だ。大きくなってしまったから、わからないか？」

正治は、あやかしと人間の成長の早さが異なることも、心得ているらしい。まったくためらいもせず、手鞠に話しかけ続ける。

「お父上ですか？」

手鞠が反応しないからか、正治は左京に声をかけた。

「そのような者だ」

「その碧い目……。あなたも、手鞠側の方なのですね」

周囲に人がいるからか、正治は明言しなかったが、左京があやかしだと気づいたようだ。それでも動じない彼を見て、人間とあやかしは共存できると紫乃は確信した。

「そうだ。怖くはないのか？」

左京が問うと、正治は首を横に振る。

「手鞠がこんなになついているのですから、怖いわけがありません」

きっぱりと言う正治に、ひと欠片《かけら》の迷いも見えない。手鞠への信頼が厚いとよくわかった。

「手鞠、会いたかったのではないのか？」

左京がそう促したが、手鞠は一向に顔を見せない。

手鞠は会いたさを募らせて、この日を待ち焦がれていたはずだ。けれど、彼を手にかけようとした自責の念から逃れられないのだろう。

紫乃には手鞠の葛藤が手に取るようにわかった。

「手鞠の髪は、相変わらずきれいだなぁ。結ってもらったのか？」

正治は屈託のない笑みを浮かべて尋ねる。

もしや……髪を褒めると手鞠が無邪気に喜ぶのは、正治に褒められていたからだろうか。

「手鞠ちゃん。なにも心配いらないわ。正治さん、笑顔よ」

紫乃が声をかけると、手鞠はようやく左京の胸から顔を離し、おそるおそる振り返った。

「久しぶりだな。会いたかったよ」

「正治、さま……」

手鞠の小さな声は正治にも届いたようだ。彼は「そう」と声を弾ませる。

「でっかくなって、びっくりしただろ。僕、高等学校に通ってるんだ」

正治は手鞠にどんどん話しかける。

手鞠の緊張が緩んだのを察した左京は、彼女を下ろした。するとしゃがんだ正治が、手鞠の手をしっかり握る。

「手鞠は相変わらずちっさいな。ああ、誤解するなよ。ばかにしてるんじゃなくて、ちっさくてかわいいってこと。急にいなくなるから、すごく心配したんだぞ。でも……」

手鞠をまっすぐに見つめる正治の声が、突然震える。

「でも……生きていてよかった」

「正治さま」

手鞠は目を潤ませる正治の胸に飛び込んだ。

「ああ、手鞠だ。僕の妹」

正治が心からうれしそうに笑みを浮かべて、手鞠を抱きしめる。このふたりがともに暮らしていた頃、どれだけ信頼し合っていたのかが垣間《かいま》見《み》えた。

「そうだ。僕、父さんの仕事を時々手伝って、給金をもらってるんだ。初めての給金で手鞠にかんざしを買ってやりたいと思ってたのにできなくて……その夢、叶えてもいいかな？」

喜びの涙が滲む手鞠の口角が上がる。彼女は許可を得るためか、左京に視線を送った。

「もちろん、構わない。存分に楽しめ」

左京は手鞠がなにか言う前に答えた。しかも、彼女の髪に挿した玉かんざしをするりと抜いている。正治に贈られたかんざしを挿しなさいということだろう。やはり左京は優しい天狗だ。

たちまち手鞠の笑顔がはじけた。こんなふうに幸せそうに笑う手鞠を初めて見た紫乃の心も、喜びで満たされる。

「手鞠をお願いします」

「もちろんです。少しお借りします」

正治は左京に丁寧に頭を下げてから、手鞠と手をつないで商店が並ぶほうへと進んでいく。

紫乃は左京と一緒にふたりのうしろ姿を見送った。といっても、陰陽師がどこに潜んでいるかわからないため、付かず離れずの距離でついていく。

「左京さま、お父さまみたいでしたよ」

「ならば紫乃は母だ」

そう返事をした左京は、優しい目で手鞠を見ている。

紫乃は、左京との間に子が生まれたら、こんなふうに散歩を楽しむのだろうかなんて、ありもしないことを考えてひとりで頬を赤らめた。

「手鞠ちゃんを連れてきてよかったですね」

「時子の墓に行くのが遅くなってしまうが……」

「姉ちゃんは、そんなことで怒ったりしません。のんびりしておいでと言ってるかも」

「そうだな」

紫乃は空を見上げて時子の笑顔を思い浮かべる。

ようやく時子の優しい顔が頭に浮かぶようになった。毒を盛られ時子を目の前で失った直後は、苦しそうに喉を掻《か》きむしり血を吐く姿ばかりが脳裏をよぎっていたからだ。

左京のおかげで荒立っていた心が落ち着きを取り戻したら、村で弟たちと走り回っていたことをよく思い出すようになっている。

正治は、向かいから歩いてきた学生服姿の男の子と話し始めた。

「正治、その子誰だ？」

「かわいいだろ。僕の妹」

自慢げに手鞠を紹介する正治の姿に、ほっこりする。

「妹なんていたっけ？」

「さあな。とにかく、すごく大切な子だ」

手鞠は正治の言葉に照れているようで、うつむいてはにかんでいた。

「手鞠ちゃん、うれしいでしょうね」

「ふたりの絆は、陰陽師にもどうにもできないほど強かったということだ。手鞠の喜びを奪った罪は大きい」

手鞠の母を襲った非道な陰陽師一族がいなくならない限り、正治の屋敷で暮らすという選択はできないだろう。今度は手鞠自身の命も危うい。

手鞠たち座敷童は、人間に恩恵をもたらしただけなのに、すべてのあやかしを支配したいという陰陽師の邪《よこしま》な欲求がそれを壊したのだ。

正治は小間物屋の店頭でかんざしを手にしては、手鞠の髪にあてている。ふたりが時折目を合わせて微笑み合う姿が尊い。

ほどなくして、今日の空のような天色のガラスかんざしを選び、早速手鞠の髪に挿している。

「正治さま、ありがとう」

「どういたしまして。手鞠の笑顔が見られるなら、これくらい」

ふたりはまたしっかりと手をつないで戻ってくる。正治の見た目は随分変わってしまっただろうけれど、少年のような無邪気な笑みを浮かべているのが印象的だった。

手鞠と一緒にいたことで、幼い頃の気持ちを取り戻したのかもしれない。

「お待たせしました」

正治は、礼儀正しく左京と紫乃に頭を下げる。

「手鞠ちゃん、よく似合ってるわよ。よかったね」

「はい！」

手鞠はうれしそうに正治の顔を見上げた。

「手鞠。また会えるよね」

正治が問うと、手鞠は顔をこわばらせて目を泳がせた。

返事をしないからか、正治は片膝をつき、手鞠と視線を合わせる。

「もうこれきりなんて嫌だよ。手鞠は僕の特別なんだ」

手鞠だって会いたいに違いない。しかし、どうしても己を責める気持ちから逃れられないのだろう。ためらう気持ちが紫乃にもよくわかった。

「手鞠ちゃん」

口を真一文字に結び顔に困惑を浮かべる手鞠に、今度は紫乃が話しかけた。

「人間とあやかしは、ほとんどが生活をともにはしていないわ。でもね、仲良くしてはいけないなんて決まりはないの。いろいろ考えると、正治さんと以前のようにずっと一緒にというわけにはいかないけど、何度でも会えばいい。左京さまが手伝ってくだるわ」

紫乃は勝手なことを口走ったが、左京も大きくうなずいてくれた。

「それに……手鞠ちゃんは踏みとどまった」

紫乃が正治にはなんのことか伝わらないようにそう言うと、手鞠は目を見開く。

「手鞠ちゃんは、これまでも、そしてこれからも正治さんの大切な妹なの。なにも変わってないのよ」

斎賀の血を引くとしたら、紫乃も時子や弟たちとは本当の兄弟ではない。けれど、誰がなんと言おうと、紫乃の大切な家族だ。

紫乃が話すと、正治はすくっと立ち上がり口を開いた。

「実は僕の母は、本当の母ではないんです」

突然の告白に、紫乃は驚き目を瞠る。

「本当の母は僕を産んだ直後に亡くなってしまって……僕が二歳のときに父が再婚しました。すぐに弟が生まれて、僕はいらない子になったんです」

「そんな……」

紫乃は思わず口を挟んでしまった。

しかし、重い話をしている当の本人の表情は明るい。

「でも、手鞠がいたから寂しくなかった。だから、手鞠がいなくなってどれだけ落ち込んだか。だけど次に会える日までに立派な大人になっておこうと決意して、これまで勉学に励んできました。父に豆腐屋を任せてもいいと言ってもらえるようになったんです」

正治の話に、左京は満足そうな笑みを見せる。

「会えなかった時間も、手鞠が僕を支えてくれたんだ」

正治は手鞠の目を見て訴えた。

「本当はずっと一緒にいたい。でも、できない事情があるんだよね。手鞠に無理強いするつもりはないから、それはあきらめる。だけど、せめてこの先も会えるという希望を僕にくれないか。そうしたら、なんだって頑張れる」

正治の覚悟ある強い宣言は、紫乃の胸にも響いた。

彼は手鞠がどうしていなくなったのか聞きたいはずだ。しかし、こうして成長の早さが違うように、人間とあやかしには相容《あいい》れない事情があることも察していて、あえて問いただささないのだろう。彼にとって重要なのは、手鞠に会えることだから。

難しい顔をする手鞠は、助けを求めるように左京と紫乃に視線を送る。左京が小さくうなずいたのに気づいた紫乃は、口を開いた。

「手鞠ちゃんがしたいようにすればいいの。左京さまも私も、手鞠ちゃんの願いが叶えられるように、なんだってする」

紫乃の言葉をきっかけに、手鞠の顔から緊張が抜けた。

「手鞠も会いたい」

手鞠が自分の意思を示すと、ホッとした様子の正治の口角が上がる。

「……ありがとう、手鞠。今度はおいしいものを食べに行こう。なにが好き？」

「お団子！」

これほどうれしそうな手鞠を見たのは初めてだ。

年相応の自然な笑顔を見せた手鞠を、正治はきつく抱きしめた。

正治と別れた手鞠は、何度もうしろを振り返り名残おしそうではあったが、これまでにないほど穏やかな顔をしていた。

「手鞠。正治の家にいさせてやれなくてすまない」

紫乃の手を握って歩く手鞠の頭をそっと撫でる左京が言う。

「ううん」

『構いません』とでも返ってきそうなところなのに、子供らしい返事だ。しかも沈んだ顔はしておらず、正治との再会の約束が彼女にとってとても大きなものだと感じる。

「人間とあやかしが一緒にいられるように、私も頑張るね」

紫乃も付け足した。

「うん！」

はにかみながら元気にうなずく手鞠は、白い歯をこぼした。

紫乃は手鞠と正治の再会を喜ぶ一方で、胸が締めつけられていた。

ふたりは再会を約束したけれど……自分と左京は、紫乃に危険が及ばなくなれば、きっとそれきりだ。死の淵から救い上げ、夫にまでなってくれた左京には、幸せになってほしい。自分が背負うべき斎賀家の役割をともに考えてくれると話していたが、まさかずっと甘えるわけにはいかないだろう。

もっとしっかりしなくてはと思う一方で、いつか訪れる左京との別れの日が、怖くてたまらなくなった。もう、左京のいない生活は考えられなくなっている——。

大西願寺は、緩やかな坂を上がったところにある。

緊張しながら境内に足を踏み入れると、左京が励ますように紫乃の背中に手を置いた。

真新しい三つの角塔婆《かくとうば》の前に立つと、紫乃の目から涙があふれる。

「姉ちゃん……。時子姉ちゃん……」

紫乃が時子の名を叫ぶと、左京は手鞠を連れてそっと離れていった。

「つるさんも、菊子《きくこ》さんも、来るのが遅くなってごめんね。本当にごめん」

紫乃の口からは、謝罪の言葉があふれ出てくる。

「姉ちゃん。私ね……生きてできることがありそうなの。姉ちゃんにもらった命、絶対に無駄にしないからね。もう誰も死なせない」

三人の無念の死は、紫乃の心に暗い影を落とした。けれど、左京のおかげで生きる気力を取り戻した今は、癒しの一族と言われる斎賀の血を引く者として、できることはなんだってやるつもりだ。

ひとしきり涙を流し、花を手向けていると、左京と手鞠が戻ってきた。

「紫乃さま……」

手鞠は真っ赤に染まった紫乃の目を見て、顔をゆがめる。

「ごめんね。大丈夫だからね」

手鞠を抱きしめるとまた涙がこぼれてしまうが、時子たちに紹介しなければと、それを拭った。

「姉ちゃん、こちらが私を助けてくれた左京さま。純白の羽を持つ白天狗なんだよ。こちらが、優しくてしっかり者の座敷童の手鞠ちゃん。びっくりしたでしょ。あやかしは人間の敵なんかじゃなかった。私、左京さまたちと一緒に暮らしてるの。すごく幸せだよ」

幸せという言葉が自然と口から漏れた。

一度は死を覚悟した紫乃に、こんなことが言える日が訪れたのは、自分を殺めに来た紫乃を受け入れ解毒までしてくれた左京のおかげだ。

神妙な面持ちの左京も、三人の墓標に向かって手を合わせてくれる。手鞠も真似《まね》をして、目を閉じた。

「また会いに来るから。ゆっくり眠ってね」

紫乃がそう言ったあと立ち上がると、左京が右手を伸ばしてきて紫乃を抱き寄せ、胸を貸してくれる。

姉との間になにがあったか知らない手鞠も、励ますように紫乃の脚にしがみついて微動だにしない。

こんなに幼い彼女も、紫乃と同じように目の前で大切な人を殺されたのだ。それでも、前を向いて歩いている。

感情の高ぶりが少し収まってきた紫乃は、左京から離れた。すると彼は、優しい笑みを浮かべて紫乃の頬の涙を指で拭う。

「取り乱してすみません」

「構わない。私たちはもう家族なのだ。恥ずかしがることはない」

「はい」

左京の〝家族〟という言葉がうれしかった。いつわりの妻の自分は、いつか左京のもとを離れるときが来るだろう。でも、それまでは彼らがくれる温《ぬく》もりに甘えながら、強く生きていきたい。

「手鞠ちゃんもありがとうね」

「紫乃さま。大好きです」

手鞠の精いっぱいの励ましに、紫乃の顔がほころぶ。

「ありがとう。私も大好き」

西に傾いた太陽が、紫乃たち三人の影を長くする。手鞠の髪に挿した天色のかんざしと、左京の美しい碧眼が、朱色に染まって見えた。

「さて。暗くなるうちに帰ろう。蘭丸がお待ちかねだ」

手鞠と手をつないだ紫乃に左京が手を差し出してくる。往《い》きとは違い、今度はその手をためらわずに握ることができた。

同じ明日をあなたと

手鞠と正治の再会から十日。

正治と再会した手鞠が、昔のことを思い出して苦しむのではないかと左京は心配していたが、意外にも明るい。

相変わらず要領の悪い蘭丸には母のようにため息をつき苦言を呈しているものの、子供らしさが戻ってきたようにも感じる。口を大きく開けて笑うようになったからかもしれない。

正治は、『この先も会えるという希望を僕にくれないか。そうしたら、なんだって頑張れる』と語ったが、それは手鞠も同じだろう。

正治を殺めようとしたことを後悔し、苦しんできた手鞠は、紫乃の『踏みとどまった』という言葉に救われたような気もしている。

左京は手鞠から、正治が目を覚ましたから殺せなかったと聞いていた。けれど、正治と手鞠の関係を見て、目覚めなかったとしても手にかけられなかったのではないかと思った。

手鞠にとって母は大切な家族だったが、正治もまたそうだったのだ。

改めて、悪意をもって苦渋の選択を示し、手鞠の心をずたずたに引き裂いた陰陽師には怒りが募る。あの一族は母の命を奪っただけでなく、手鞠の心までも殺したのだから。

時子とようやく会えた紫乃は、普段通り朝から走り回り、子供たちの面倒を見たり家事にいそしんだりしているものの、ふとした瞬間に物思いにふけっている。

時子たちのことを考えているのだろうと最初は思っていた。しかし、もしかしたら手鞠と正治の再会、そして別れを目の当たりにして、斎賀の人間としてすべきことを模索しているのではないかとも感じる。

彼女には間違いなく魅了の力が備わっているし、けがをあっという間に治してしまうような不思議な力も有している。

だからといって、それを自由自在に操れるわけでもなく、おそらく強く念じているだけ。九字を切り術を発動する陰陽師のように、確固たる使い方を知っていれば別だが、紫乃は毎回その力が働く保証はない。

そんな状況で、あやかしと人間が対立する場所に向かっても、彼女自身の命が危うい。当然左京も許すつもりはなかった。

ただし、紫乃が思い悩む気持ちも理解できるのが厄介ではある。

なにせ彼女がその対立によって命を落としかけた張本人だからだ。あの苦しみを味わう者をもう出したくないという強い思いを抱くのは自然なことで、それを強く否定するのはははばかられた。

「左京さま、どちらですか？」

暑さに負けず花開いた白いムクゲの花を庭で観察している手鞠と蘭丸を窓から眺めていると、出かけていたはずの颯の大きな声が聞こえてくる。

左京は慌てて廊下に出て、口の前に指を立てた。すると彼は不思議そうな顔をしながらも、了承したようにうなずいた。

実は、朝から市のある街に赴き、畑仕事にいそしんだ紫乃が、疲れて昼寝をしているのだ。

彼女は汗の玉を浮かべる額に汚れた手で触れるものだから、毎回作業が終わった頃には真っ黒な顔をしている。

〝斎賀さま〟と崇《あが》め奉られる存在の彼女が、皆と同じように泥まみれになって働く姿は、ほかのあやかしたちに強い影響を与えた。

苦労した分、収穫が楽しみになること。仲間たちと力を合わせると、ひとりではできなかったことができるようになること。それらを紫乃から学んだあやかしたちは、けんかがぐんと減り、紫乃や左京が赴かない日も、畑仕事に精を出しているようだ。

紫乃は、斎賀一族が持つ魅了の力ではなく、彼女自身の魅力であやかしたちを虜《とりこ》にしたのだ。それが夫としては鼻が高く、ためらいなく顔まで汚してにこやかに笑う妻を微笑ましく感じている。

左京が自室に入ると、颯もついてきた。

「紫乃が疲れて寝ている」

「それは申し訳ありません」

颯はうしろ手で焦るように障子を閉める。なにかあったようだ。

「座れ」

「はい」

左京があぐらをかくと、颯はその前に腰を下ろした。

「陰陽師が動いたのか？」

颯の焦りの原因を予測した左京が先に問うと、首を横に振っている。

「いえ。まだその兆候はありません。ただ、政府が有能な陰陽師を探しているのは間違いなさそうです」

今でも天狗が帝都を襲うと信じている政府の人間の行動としては致し方ないが、手鞠の母に牙をむいたあの残虐な一族に白羽の矢が立ってはまずい。政府からお墨付きをもらえば、水を得た魚のように見つけたあやかしを片っ端から消しかねないからだ。

「それでは、なにをそんなに慌てている」

「それが……斎賀一族について探っていた旭が、斎賀家はその昔、陰陽師として朝廷に仕えていたという話を聞いてきたのです」

颯が衝撃の告白をした瞬間、廊下でカタッという小さな物音がした。

「紫乃か？」

子供たちが立てた音にしては控えめで、左京は紫乃が起きたのだと察した。

「申し訳ありません。盗み聞きをするつもりはなかったのですが……」

颯の声が耳に届き、気になって来ただけだろう。

「構わぬ。入りなさい」

聞こえてしまったのであれば、自分が何者なのかと日々悩む彼女に隠してはおけない。入室を促すと、居住まいを正した紫乃が静かに障子を開けた。彼女の顔がこわばっているのは、自分の一族が陰陽師の仲間だと知ったからだろう。

「あの……」

目を泳がせる彼女が動揺しているのは、手に取るようにわかった。

「ここに座りなさい」

「はい」

左京が座布団を差し出すと、紫乃はせわしなく瞬《まばた》きを繰り返しながら左京の隣に正座した。

「紫乃。お前はなにも恐れずともよい。そもそも斎賀の血を引くことすら知らなかったのだからな」

竹野内に目をつけられ毒餌にされなければ、群馬の農村であやかしや陰陽師とかかわることなく生涯を閉じた可能性もあるのだ。

「そう、ですが……」

「とにかく話を聞こう。颯、続けなさい」

「はい」

かしこまった顔つきの颯は、うなずいてから口を開いた。

「斎賀家は、数多く存在する陰陽師の中でも相当能力の高い一族だったようです。陰陽師界の頂点である〝五家〟と言われる五つの家門のうちのひとつだったと」

〝陰陽師五家〟については左京も耳にしたことがある。左京や手鞠の母を手にかけた一族もそのうちのひとつにあたる。

「現時点では、それくらいしかわかっておりません。探っても探ってもくわしい話が出てこないのが少々奇妙なくらいでして……」

「たしかに妙だな」

紫乃が竹野内に見せられた黒天狗と対峙《たいじ》する絵の陰陽師のように、彼らは己の力を誇示したがるものだ。

竹野内のように、陰陽師であっても名ばかりでたいした能力がない者は、歴史に名を刻むこともない。しかし、斎賀一族が有能であったなら調べればその活躍がいくらでも出てきそうなものなのに、実に不思議だ。

「わかった。旭とともにもう少し調べてくれ」

「かしこまりました」

颯は心配げに紫乃をちらりと見てから、部屋を出ていった。

「紫乃」

「あっ、私……手鞠ちゃんや蘭丸くんと遊ぶ約束をしていたのに、疲れて寝てしまったようで。行ってきますね」

紫乃の優しい笑みは、いつもと変わらない。けれど、左京から顔を背けた瞬間、眉間にしわが寄ったのを左京は見逃さなかった。

自分を殺めようとした竹野内、そして左京や手鞠の母を残酷な方法で死に追いやろうとした陰陽師一族。斎賀家が彼らと同じ立場であったことに、衝撃を受けたはずだ。

そのような立場にあった斎賀家が、なぜあやかしと人間との間を取り持つようになったのか、左京も気になった。

◇◇◇

颯の話は衝撃的だった。まさか斎賀一族が陰陽師だったとは。

左京から、手鞠の母を彼女の目の前で殺めた陰陽師や、死に際にある左京の心臓を一発でえぐらずもてあそんだ陰陽師の話を聞いたばかりだったので、動揺は隠せない。紫乃自身も、陰陽師を名乗る竹野内に毒を盛られ、大好きな姉たちを亡くしたばかりなので、余計に。

以前陰陽師の非道な行いについて『同じ人間として恥ずかしい』と漏らしたら、左京に励まされたが、同じ人間どころか仲間だったのだから、心臓を足で踏みつけられているかのような息苦しさと痛みに襲われている。

颯が斎賀一族は能力が高かったと話していたけれど、誰かを傷つけるような力はいらない。

左京から聞いたこれまでの話から、人間であろうがあやかしであろうが、分け隔てなく救ってきた斎賀家を誇りにすら感じていたのに、その昔は残忍な行為に手を染めていたのかもしれないと考えるだけで、背筋が凍った。

颯が部屋を出ていったあと、左京がなにか言いたげだったものの、紫乃は逃げた。うろたえていて余裕がなく、これ以上なにも聞きたくなかったのが本音だ。

手鞠や蘭丸のところに向かうと、ふたりはいつものように満面の笑みで迎えてくれる。

「紫乃さま、どうかされましたか？」

顔が引きつっていたのかもしれない。手鞠に心配されてしまった。

「ううん。寝すぎたみたいね。ぼーっとしちゃって……」

「紫乃さま、面白ーい」

紫乃の手を握る蘭丸は、無邪気な笑みを見せる。

「面白いんじゃなくて、お疲れなの。わかる？」

手鞠があきれたように言う。

「ああっ、平気よ。たくさん寝たから、もう元気。なにしようか」

手鞠にまで気を使わせてはまずいと、紫乃は笑顔を作る。

「でしたら、裏庭に行きませんか？　やまゆりを見に行きましょう」

「そうね。そうしましょう」

花が好きな手鞠の提案に乗った紫乃は、ふたりを促して裏庭へと向かった。

目を閉じて息を吸い込み甘い香りを楽しむ手鞠の横で、蘭丸はくりくりの目を一層見開いて花を観察している。

そんなふたりを見守りながら、紫乃は考えを巡らせた。

——斎賀家が陰陽師だったなんて……。だとしたら、あやかしの討伐にひと役買っていたの？　斎賀家とは一体どんな一族なの？

自分にかかわることなのに、なにもわからないのがつらい。

魅了の力の操り方を知らなくても、勝手気ままだったあやかしたちが力を合わせて畑を耕す姿を見られた。少しは斎賀の人間として貢献できたのかな、なんてうぬぼれていたのかもしれない。

あやかしと人間の仲を取り持つべく動いていければ……と考えていたところに、実はあやかしを殺めていた側の存在だったという事実は、衝撃だった。

一方で、澪が左京を助けたのもまた事実。

自分が一体何者なのかもっと知りたいという欲求が、紫乃の中で高まっていく。

知らなければ、進めない。

やまゆりの香りを纏った紫乃の髪が、ふわりと風に煽られる。

この風はどこから来て、どこに行くのだろう。

紫乃もこの風のように、あてもなく歩いていくことになるのだろうか。

「ううん。自分で決めなくちゃ」

どこに向かって進むべきか、自分の意思で決めたい。そうでなければ後悔する。

「紫乃さま、なにか？」

「なんでもないよ。あらっ、これは鬼灯《ほおずき》の花じゃない？」

やまゆりに隠れていてこれまで気づかなかったが、乳白色の小さな花を見つけて尋ねた。

「橙色《だいだい》の実ができるよ」

「やっぱりそうだ」

自慢げに教えてくれた蘭丸の頭を撫でると、白い歯を見せる。

ふたりはあやかしであっても、こんなにかわいい。人間とあやかしの共存は必ずできる。

紫乃はそんな考えを新たにした。


その晩、寝付けなかった紫乃は、いつも左京が月を眺めている窓際の一等席に腰を下ろし、淡い光を放つ月を見て放心していた。

蔚然《うつぜん》とした山奥であやかしたちが生活しているとは思いもよらなかったが、今はそれを違和感なく受け入れている。人間もあやかしも、互いをよく知らないだけではないだろうか。法印のような荒くれ者や、左京たちを襲った陰陽師一族が悪目立ちするため、相容れない存在だと決めつけているが、紫乃はあやかしだらけの山で平穏な暮らしを送れている。

けれど自分が、左京を苦しめ手鞠の母を殺めた陰陽師の仲間であるならば、ここにこのままいてよいのか戸惑う。

過去の出来事は紫乃には関係ないことであるとはいえ、悩まずにはいられない。

「どうして……」

毒の苦しみから解放され、左京の加護のもと穏やかに暮らせるようになったのに、首を真綿でぐいぐい絞められているような苦しさがある。

視界が滲んできたそのとき、カタッと音がして障子が開き、徳利《とっくり》をひっさげた左京が入ってきた。月明かりに照らされた彼の頬はほんのり赤く、すでに酔っているとわかる。

「左京さま……」

「まだ寝ていなかったのか？」

「はい。月が美しくて」

「それだけではあるまい」

紫乃はとっさに嘘をついたが、見破られているようだ。

彼は隣であぐらをかくと、紫乃の肩を力強く抱く。そして自分の肩に頭を寄りかからせ、髪を優しく撫でた。

こうして距離が縮まるたびに心臓が早鐘を打ちだすけれど、左京の隣はたまらなく心地よい。離れたくなくて、こっそり彼の着物の袖を握った。

「お前の瞳に映る月が溺れているようだ」

目が潤んでいるのに気づかれてしまった。

「申し訳ありません」

「苦しいのか？」

酔ったときの記憶は、翌朝にはなくなっている。今だけは、弱音を吐いて甘えてもいいだろうか。

そう考えた紫乃は、素直にうなずいた。

すると左京は紫乃を軽々と抱き上げて自分の膝にのせ横抱きにした。息遣いを感じるこの体勢は面映ゆさとともに、最高の安心を運んでくる。

「案ずるな。斎賀の一族が陰陽師であったとしても……たとえその昔、あやかしを殺めたことがあったとしても、紫乃自身の存在価値が揺らぐわけではない。斎賀の血を引く以上、犯してきた罪までも背負わなければと考える紫乃の気持ちはわかる」

左京はそこまで言うと紫乃の頬にそっと手を添え、視線を絡めた。

「斎賀家はあやかしにも人間にも多大な幸福をもたらしてきた。その実績もまた、斎賀一族の歴史なのだ。それに……我々天狗も、散々悪事に手を染めている」

左京の憂いを含んだ表情を見て、紫乃は苦しいのは自分だけではないと気づいた。

左京は瀕死《ひんし》の紫乃を救うために、危険な筑波の山まで赴くような優しい天狗だ。しかし法印や、紫乃が見せられた絵の中の人間を食いちぎり生き血をすするような黒天狗も、間違いなく彼の一族。その事実からは逃れられない。

「だが、私は彼らとは同じにはならない。なにせ、澪に生かされた命があるからな。私が斎賀一族の恩恵にあずかっている張本人なのだ。目の前にいる私を信じろ」

「左京さま……」

紫乃は自分から左京の胸に顔をうずめた。彼の心臓がトクトクと規則正しい音を奏でるのは、間違いなく澪のおかげだ。

「私も、自分の信じた道を歩きます」

農村で育っただけの自分が、特殊な力を持つ斎賀一族の血を引くと知って、戸惑いを隠せなかった。なんとか役に立ちたいと奮起するところはあったものの、力の使い方もなにをすべきなのかもよくわからないという不安定な状態に悩む毎日。

でも、完全に心が定まった。紫乃が目指したいのは〝癒しの一族〟と言われた斎賀家なのだ。過去にあやかしを殺めた事実があったとしても、もう過ちは繰り返さない。

「ああ、私もだ」

左京は紫乃の背に回した手に力を込めた。

それからしばらく、言葉を交わさなかった。けれど、心の奥深いところで左京とつながるような不思議な感覚に襲われて、甘美な夢でも見ているかのようだ。

心の荒波が完全に落ち着いた紫乃がそっと胸から頬を離すと、左京は遠くには行かせないと言わんばかりに、紫乃の肩を抱き寄せる。

「お前は肝が据わっていると思うときもあれば、ぽっきり折れてしまいそうなときもある。実に難しい女だ」

「すみません……」

左京を振り回しすぎだと思い謝ると、彼はかすかに頬を緩めた。左京の透き通るような美しい碧眼に、自分が映っていてどきりとする。

「だが、そんな紫乃が嫌いではない。誰しも心は揺らぐもの。妻の素顔を見られるうえ、力添えできる夫の立場は、誰にも譲りたくない」

——それは、どういう意味？

柔らかな笑みを浮かべる左京は、紫乃の額に唇を押しつける。その唇がまぶたに、そして頬へと移動するので、これまでにないほど鼓動が速まり、息がうまく吸えない。

「紫乃」

左京は紫乃の名を口にしながら、武骨な指で紫乃の唇をそっと撫でる。艶冶《えんや》な空気を纏った左京の視線に捕まり、そらせなくなった。

左京の顔がゆっくり近づいてくる。それがなにを意味するのか、紫乃にだってわかる。

やがて彼の吐息が唇にかかり……あとわずかで触れるというところで止まり、そして離れていった。

「すまない」

左京は即座に謝り、紫乃をもう一度抱きしめる。火照った体だけが取り残されて混乱した。

彼の謝罪の言葉には、どんな意味があるのだろう。

本能で口づけをしようとしたが、理性がそれを押しとどめたということだろうか。

……つまり、紫乃への思慕から起こした行動ではなかったのだろう、きっと。

左京に恋焦がれる紫乃は、激しく落胆した。

翌朝の朝餉《あさげ》で顔を合わせた左京はいつもと変わりない。やはり昨晩の言動を少しも覚えていないのだろう。

覚えていなかったとしても、彼がくれた言葉は本物だ。紫乃は『紫乃自身の存在価値が揺らぐわけではない』という左京の強い言葉を胸に、浮かれることもうぬぼれることもなく、しっかり大地に足をつけて前に進もうと腹を括《くく》った。

「紫乃さま、準備が整いましたよ」

「ありがとうね」

褒めてほしいと目を輝かせて言う蘭丸の頭を撫でると、彼は満足そうに白い歯を見せる。

「手鞠ちゃんも、お手伝いありがとう」

「どういたしまして」

正治に贈られたかんざしを挿す手鞠は、浮かべる笑みが随分柔らかくなった。

颯も含めて五人でとる食事は、とてもにぎやかだ。

「僕、これきらーい」

紫乃の対面に座っている蘭丸が顔をしかめるのは、やまゆりが咲く裏庭の奥で採ってきたふきの煮物だ。山菜の苦みが苦手な彼は、あからさまに眉をひそめる。

「子供みたいなことを言ってないで、食べなさいよ」

「まあ、子供だから……」

蘭丸をたしなめる手鞠に、颯が笑いながら口を挟む。

「それじゃあ、ふきは私がいただくね。代わりにどうぞ。手鞠ちゃんも」

幼い頃、蘭丸と同じようにこの苦みが得意でなかった紫乃は、自分の膳から自然薯《じねんじょ》の煮付けをふたりに分けた。すると、手鞠もうれしそうに口の端を上げる。本当は自然薯のほうが好きに違いない。

紫乃がふきをおかずにご飯を口に運んでいると、隣の左京が自分の自然薯を紫乃の器に移した。

「紫乃が食べなければだめだ」

左京の強い言葉に、心がぴりっと引き締まる。蘭丸を甘やかしたから怒っているのだろうか。

「すみません」

紫乃が即座に謝ると、左京はなぜかハッとした顔をした。

「違いますよね、左京さま」

颯があきれた様子で口を挟むので、首を傾げた。

「……そうだな」

左京はどこかばつが悪そうに颯の言葉を肯定したあと、コホンと咳払いをしてから続ける。

「紫乃が倒れる姿は見たくない。お前は止めても働くのだから、動く分はしっかり食べなさい」

まさか自分を心配しての発言だったとは。

視線を合わせようとしない左京の耳が、少々赤く染まっているような気がする。酔いが回ったとき耳元で甘い言葉を吐く彼との差がありすぎて、本当に同一人物なのかと疑うほどだ。

けれど、どちらの左京も優しさがあふれていて、彼への思慕がますます募る。

「ありがとうございます。いただきます」

左京の優しさに甘えて自然薯を口に運んだあと、何気なく彼の顔を見る。昨晩触れそうになるまで近づいた形の整った唇が動いていて、不自然に視線をそらした。あのとき感じた吐息を思い出してしまったのだ。

「どうかしたのか？」

「い、いえ。なんでもありません」

やはりなにも覚えていないようだ。紫乃は、残念なような、それでいて決して思い出してほしくないような、複雑な心境だった。

朝餉の片付けを颯に頼み、紫乃は左京の部屋へ赴いた。

「どうしたのだ？」

あぐらをかく左京の前に正座すると、彼のほうから尋ねてくる。

「私、自分のことをもっと知りたくて……。中村の家に一度帰ってはいけないでしょうか」

父や母から、私を預かったときの話を聞きたい。

女衒《ぜげん》の振りをした山下《やました》が紫乃と時子を連れていこうとしたとき、父は『だめだ。紫乃だけは絶対に』と紫乃を強くかばった。あの反応を振り返ると、斎賀一族の事情を知っている可能性が高いと踏んだのだ。

「そうだな。それがいいだろう」

「ありがとうございます」

　許してもらえないのではないかと心配していたけれど、あっさり受け入れられて拍子抜けした。

「……政府が、竹野内に代わる陰陽師を探しているそうだ。斎賀家のおかげであやかしとの衝突が減り、権力を失くして都落ちした陰陽師五家のうちの一門が、帝都に返り咲く機会を虎視《こし》眈々《たんたん》と狙っている。名乗りを上げるはずだ。大きな動きがある今、本当はこの山から紫乃を下ろしたくない」

　陰陽師五家とは、斎賀家を含む能力の高い五つの家門を指すと聞いた。また人間とあやかしの衝突が繰り返されるのではないかと、息を呑《の》む。

「だが、自分が何者なのか知りたいという紫乃の気持ちはわかっているつもりだ。知らなければ、先に進めないのだろう？」

「はい。私……斎賀家がどんな歴史を刻んできたとしても、それをきちんと受け止めて、私は私の未来を切り開きたいのです」

　そう気持ちが固まったのは、もちろん左京の言葉の数々のおかげだ。

紫乃の覚悟を聞き、満足そうに大きくうなずいた左京は、再び口を開く。

「とはいえ、紫乃をひとりで帰すわけにはいかぬ。私もついていくことが条件だ」

「一緒に行ってくださるのですか？」

まさかの展開に、声が上ずった。

「やはり迷惑か」

「迷惑なわけがありません。ありがたいです」

まさかの勘違いに驚いたものの、そう答えると左京の口角がかすかに上がる。

「時子姉ちゃんのことはどう説明したらいいのか……」

時子も一緒に帰りたかった。けれどそれが叶わない今、両親に墓に会いに行ってほしい。

ただし、毒を盛られて命が散ったという残酷な話を耳に入れることははばかられる。

紫乃も含めて、そんな経験をしたと父が知れば、間違いなく自分を責めるはずだ。しかし、吉原《よしわら》に行くと決めたのは紫乃自身であり、決して父に売られたわけではない。

「真実を伝えることが正しいとは限らない。時子は、流行《はや》り病《やまい》で亡くなったことにしよう」

「そうですね。それがいいかもしれません」

今でも時子の顔を思い浮かべると、目の奥が熱くなる。けれど、泣いてばかりいないで、前に進まなくては。時子はそのために、自身の命を差し出して紫乃を救ったのだから。

紫乃と左京が屋敷を出たのはその翌日。高尾の山には朝焼け雲が広がり、湿り気を含んだ南風が吹き込んできた。

「雨になるかもしれませんね」

玄関を出て空を見上げた紫乃はそう漏らす。

〝朝焼けは雨〟と言うが、農村で暮らしていた頃、まさにその通りの天候になることが多かった。

「大雨にならぬうちに戻ろう。いや、日を改めるべきか。紫乃が濡《ぬ》れる」

左京が紫乃の心配をするので、首を横に振った。

「私は平気です。なにせ雨でも外を走り回っておりましたし」

雨が降ると畑仕事はできないため、街に赴いて用を言付かっては小遣い稼ぎをしていた。雨の日は皆外に出たがらないため、稼ぎどきでもあったのだ。

「ですが、左京さままで濡れてしまうのが忍びなく……」

紫乃が言うと、見送りに出てきた颯が口を挟む。

「左京さまは水を操る天狗ですから、少々濡れたところでなんの問題もありませんよ」

「そうなんですか？」

そういえば竹野内の屋敷に乗り込んだとき、左京は液体の玉を作り、それで竹野内を包んだ。あれから左京の天狗としての力を目の当たりにしておらず、飛ぶこと以外にどんな能力を持つのか、紫乃は知らない。

「天狗はそもそも火を操るのだ。私もそうだった。しかし、この体になってからなぜか水が私の味方になった」

〝この体〟とは、陰陽師に殺されかけて黒い羽や髪が白くなってしまったことを指すのだろう。

そう語る左京の顔に、憂いはなかった。彼は変わってしまった自分を完全に受け入れているのに違いない。〝味方〟という言葉選びからも、それがうかがえる。

「そっか。味方か……」

自分に不思議な力が備わっていると知ったときは驚いたけれど、あやかしや人間を癒す力も魅了する力も、間違いなく味方になるはずだ。

左京の生きざまを見ていると、勇気が湧いてくる。

「さて、あのふたりが起きる前に行くぞ。一緒に行きたいと駄々をこねそうだ」

「はい」

手鞠と蘭丸はまだ夢の中にいる。さすがに今日は連れていってやれないので、眠っている間に出立することにしたのだ。

門を出ると、左京がすっと手を差し出してくる。群馬の実家までは遠く、抱いて連れていってもらうしかないのだが、颯にまじまじと見られていて恥ずかしい。

「どうしたのだ」

「すみません」

紫乃は待たせてしまったと焦り、謝った。すると颯がくすくす笑いだす。

「紫乃さまは照れていらっしゃるとお伝えしたではありませんか」

「……そうだったな」

市に連れていってもらったときの会話を繰り返され、ばつの悪さに紫乃の目は泳ぐ。

「紫乃さま、ご安心ください。左京さまは達観したようなお顔をされていますが、紫乃さまをお連れになるときは、いつも少々頬が赤らんでいらっしゃる」

「え……？」

颯の思いがけない指摘に、紫乃はまじまじと左京を見てしまう。すると彼は、ぷいっと顔をそむけた。

「紫乃、ばかなことばかり言う颯は放っておいて、行くぞ」

「は、はい」

紫乃が慌てて左京の手を取ると、彼は軽々と紫乃を抱いて空へと羽ばたく。

「行ってらっしゃいませ」

地上の颯は、笑いを噛み殺しながら手を振っていた。

飛び上がったばかりの頃は、先ほどの会話を意識してしまい照れくさくてたまらなかったけれど、澄んだ空気を切り裂くように進むのが心地よくて、すぐに気にならなくなった。

暁光を浴びた左京の白い羽は、一層輝いて見える。

「どうかしたのか？」

紫乃が左京の顔を見ていると、不思議がられてしまった。

「左京さまの碧い瞳は、晴れた空のように美しいですね」

「この目を怖がる者はいても、そのように言うのは紫乃だけだ」

「皆、言わないだけですよ。羽や髪だって……天狗は黒いものだと思い込んでいるから驚くだけで。けなす者がいるとしたら、それは絶対に嫉妬です」

紫乃に羽はないけれど、もし持てるとしたら白い羽がいい。そう思うほど目を奪われる。

「お前は不思議な女だ。これまでの悩みがばからしく思える。感謝しなければ」

「感謝するのは私のほうです。左京さまが私に自信をくださるから、どんなに迷っても、必ず目的地にたどり着ける気がしています」

今日のように、朝は晴れていても雨になることもある。でも左京と一緒にいると、その逆の日もあるのだと前向きに考えられるようになった。

紫乃が胸の内を明かすと、左京は優しい笑みを浮かべた。

久しぶりに訪れた懐かしい農村は、恵みの雨が降ったようで地面は濡れていたが、野菜はまださほど育っていなかった。

背丈もひときわ大きく、銀髪で碧い瞳の左京はどうしても目立ち、畑仕事に精を出す人々の注目を浴びる。

「あれっ、中村さんとこの……」

紫乃に気づいた近所に住んでいる父くらいの年齢の男性が声をあげる。

「お久しぶりです」

「よかったよ。元気にしてたんやな」

女衒に買われたことは、おそらく広まっているだろう。しかし彼の興味はやはり左京にあるようで、紫乃に語りかけながら視線は左京のほうを向いている。

「あっ……えっと」

どう説明したらいいのか考えあぐねていると、左京がすっと紫乃の肩を抱いた。

「紫乃がお世話になっておりましたでしょうか。夫の左京と申します」

夫と自己紹介した左京に驚いた。しかし、これが正解だろう。かりそめではあるが、夫婦の契りを結んでいるのだし。

「結婚したんか。外国の方？」

「ええ、そんなところです。それでは」

左京は曖昧に濁し、紫乃を促した。

「申し訳ありません」

紫乃は左京を自分の都合で振り回してばかりだと、頭を下げる。

「なにがだ？　私は紫乃の夫ではないのか？」

「そうですが……」

「ならば堂々としていなさい」

左京はそう言ったあと、紫乃に目を合わせて口を開く。

「紫乃が妻であることは、私の誇りだ」

「えっ？　……ありがとうございます」

恐縮し通しの自分を励ましてくれただけだとわかっているが、左京の発言は紫乃の胸に響いた。本当にそうであればいいのにと。

しばらく進み、中村の家の玄関先で遊んでいる弟ふたりを見つけた瞬間、紫乃の目に感激の涙が滲んだ。

高尾山で地面に這《は》いつくばり、左京と対峙したあのとき、もう二度と弟たちにも会えないと覚悟した。それなのに、以前よりふっくらとしたふたりの姿が見られるとは。

「……紫乃姉ちゃんだ！」

「父ちゃん、母ちゃん！」

下の弟の清《きよし》が紫乃に気づき、上の茂《しげる》が裏の畑に駆けていく。

「姉ちゃん！」

勢いよく紫乃の胸に飛び込んできた清を強く抱きしめる。

「清、元気になってよかった」

「姉ちゃん、どこ行ってたんだよー」

「寂しい思いをさせてごめんね」

こらえきれなくなった涙を紫乃がそっと拭うと、茂も戻ってきて紫乃に抱きついた。

「茂……大きくなって」

離れていた時間はさほど長くないのに、背丈が伸びている。

「紫乃姉ちゃん、会いたかったよ」

「私もよ」

紫乃が弟たちとの再会を喜んでいると、隣の左京が会釈している。彼の視線の先には、驚いた顔をした父と母が放心して立ち尽くしていた。

目にいっぱい涙をためた母が、細い脚を動かして駆けだした。しかしよろけて転んでしまい、父が抱き起こす。紫乃はふたりのところまで駆け寄った。

「紫乃なのね」

「はい。ただいま」

母は紫乃に抱きつき、子供のようにわんわんと声をあげて泣き始めた。臥《ふ》せっている間に娘ふたりがいなくなり、しかも家を支えるために遊郭に向かったと聞いたときの心中は、察するに余りある。

「紫乃……」

父は紫乃と母を丸ごと抱えるように抱き寄せてくれた。

両親とは血がつながっていないことがほぼ確定的ではあるけれど、父も母もそして弟たちも間違いなく紫乃の家族だ。今までも、これからも。

ひとしきり再会を喜んだあと、父が左京に目を移した。

「あの方は？」

「私……結婚したんです。旦那さまの左京さまです」

紫乃の紹介に合わせて、左京が近寄ってくる。

「紫乃……」

「ご挨拶にもうかがわず申し訳ありません。紫乃さんと夫婦の契りを交わさせていただきました」

そしてまるで本当の夫のように丁寧に腰を折り、挨拶してくれた。

「結婚……。それじゃああなたが、紫乃を助けてくださったんですね」

紫乃が吉原の遊郭に身を落としたと思っている父は、左京の手を握り感謝を表している。

「私が紫乃さんに惚《ほ》れました」

左京の思いがけないひと言に、紫乃の頬が赤らんでいく。

「こんなきれいな着物を着せてもらって。紫乃が幸せそうで、本当によかった。古い家ですが、よろしければ」

母に促されて、紫乃は左京とともに久しぶりの我が家に足を踏み入れた。

弟たちもついてきたが時子の話をしづらく、途中で買ってきた団子を渡して外に行くよう促した。部屋がふたつと台所だけの狭い家屋では、話が聞こえてしまうからだ。

「紫乃、本当にすまなかった。お前たちを見送ってから、どれだけ後悔したか」

颯から紫乃たちを偲《しの》んでむせび泣いていたという話も聞いているし、父の無念はわかっているつもりだ。母や弟たちを助けるには、そうするほかなかったのだし。

「もう謝らないで。村から出たおかげで、左京さまに出会えました」

紫乃が左京に視線を送ると、彼はうなずいている。

それから父と母は、左京に盛んにお礼を述べていた。

「……時子は……」

父が小声で尋ねてくる。

「時子姉ちゃんは……」

時子の死を伝えるのがつらすぎて呼吸が乱れると、左京が代わりに口を開いた。

「流行り病に侵されて、残念ながら亡くなられました」

「えっ……？」

母が手を口に当て、目を見開く。

「助けられず、申し訳ありません」

左京が深々と頭を下げるのに、紫乃はひどく驚いた。彼は時子の死には一切かかわっておらず、それどころか無念を晴らしてくれたというのに。

「左京さまのせいではありません。ごめんね。私が助けられなかった」

時子が紫乃の毒を代わりにあおったとは明かせず、濁した言い方になる。

「紫乃のせいでも、左京さんのせいでもない。私が守れなかったんだ」

血が滲みそうなほど強く唇を噛みしめる父は、深いため息をつく。その隣の母は、大粒の涙が止まらなくなった。

「時子、時子……ごめんな。父ちゃん、守ってやれなかった。時子……」

姉の名を何度も繰り返す父の震える声が、紫乃の涙を誘う。

なんとか慰めなければと思うのに、安らかに旅立ったと嘘はつけず、言葉が出てこない。

ただただ父と母がすすり泣く音だけが、粗末な家屋に響いた。

「時子さんは、紫乃さんやご家族の幸せを願いながら天に昇られました。帝都の大西願寺で眠っていらっしゃいます。どうか会いに行ってください」

紫乃がとても話せる状態ではないと察した左京が、代わりに伝えてくれる。

「もちろんです。必ず皆で会いに行きます」

父は泣き崩れる母の肩を抱き、強く宣言した。

「父ちゃん。もう自分を責めないで。村を出ると決めたのは、私と姉ちゃんだよ。でも私たち、吉原に入る前に病に侵されて、左京さまに助けていただいたの。だけど姉ちゃんは助からなくて……」

父の後悔を少しでも軽くするために、せめて姉も自分も遊郭に身を落とさずに済んだことは伝えたかった。

「そうだったのか。左京さんは大恩人だ。ありがとう、ありがとう」

父は左京に向かって手を合わせ、何度もお礼の言葉を口にする。けれど、急になにかを思いついたように、瞬きを繰り返した。

「我が家に金や米が届いたんだが……。あれは……」

紫乃はちらりと左京に視線を送ってから、不思議そうに首をひねる父に口を開く。

「あれは、うちの窮地を知った左京さまが助けてくださって……」

「そうだったんですか。あなたは本当に仏さまのようだ。あれがあったおかげで妻も息子たちも元気を取り戻しました。恩人どころか、命の恩人だ」

「ありがとうございます」

父に続いて涙で顔をぐしゃぐしゃにした母も、深々と頭を下げた。

「私はできることをしたまでです。なかなか紫乃さんをこちらにお連れすることができず、やきもきさせてしまいました。申し訳ありません」

「違うの。いろいろ事情があって――」

「紫乃」

左京が謝罪するので、紫乃は慌てて父と母に説明しようとしたが止められた。

紫乃がここに来られなかったのは、毒を盛られて命の灯火《ともしび》が消えそうだったからであり、さらには回復したあとも陰陽師から身を守るため。すべて紫乃の事情なのだ。

とはいえ、それを伝えようにも、両親に衝撃を与えないように説明するのは難しい。

「結婚も、ご挨拶もせずに進めて申し訳ありません。ですが、紫乃さんを必ず幸せにするとお約束します」

左京の力強い言葉に一番驚いたのは、おそらく紫乃だ。彼は紫乃を守るためにかりそめの妻にしてくれただけなのに、まるで本気の結婚宣言のようだった。

「紫乃が幸せなら、挨拶なんていいんです。この子は少しお転婆なところもありますが、働き者で優しくて……。どうか紫乃をよろしくお願いします」

時子の死を知り頬を涙で濡らす母が、呼吸を荒らげながらも左京に託す姿に、紫乃は胸がいっぱいになる。

「母ちゃん……」

「よく存じております。お許しくださり、ありがとうございます」

左京がもう一度頭を下げる横で、紫乃も同じようにした。夫婦の共同作業のようでくすぐったいけれど、心が温かくなる時間だった。

「父ちゃん。私……聞きたいことがあって」

紫乃が切り出すと、なにかを察したのか父は神妙な面持ちでうなずく。

「母さんも席を外してくれないか」

父が母を外に出したのは、時子を亡くした母がこれ以上の衝撃に耐えられないと判断したからだろう。

いまだ涙が止まらない母は、承諾してよろよろと出ていった。

「なんでも聞いてくれ」

腹を括ったかのような父は、紫乃が出生に関する質問をするとわかっているのかもしれない。

紫乃は大きく息を吸い込み、気持ちを落ちつけてから口を開いた。

「私……私、父ちゃんと母ちゃんの本当の子じゃないのかな」

思いきって尋ねると、父は視線を畳に落としたあと、顔をゆがめながらもうなずいて認めた。

すでに覚悟していたとはいえ、真実が明らかとなり動揺はある。けれど、紫乃を育ててくれた父と母に恨みなどひとつもなく、感謝してもしきれないほどだ。今日も、紫乃の幸せを慮るような発言ばかりで、改めて自分は中村家の人間だと確認できた。

「今まで黙っていて、すまない」

「ううん。私、父ちゃんと母ちゃんの子で幸せだよ。これからも、娘でいていい？」

問うと、父の目にみるみる涙が浮かぶ。

「もちろんだ。紫乃は自慢の娘だよ」

「ありがとう」

紫乃の頬にも涙が伝う。すると、左京が励ますかのように腰を抱いてくれた。

「私は、斎賀の血を引いているの？」

率直に尋ねると、父は驚いたように目を見開いている。そこまでたどり着いているとは思っていなかったのかもしれない。

途端に落ち着きをなくした父は、立ち上がって破れた障子のところまで行く。それを開けて周囲を確認してから、戻って姿勢を正した。誰かに聞かれてはまずい話のようで、緊迫感が漂い始める。

「そうだ。紫乃は、斎賀家のお嬢さまだ。どうしてわかったんだ」

「それは、あの……」

斎賀一族についてくわしく語るのであれば、左京たちあやかしの話は必須だ。どこまで明かしていいのか迷っていると、左京が口を挟んだ。

「……実は私は天狗で――」

左京が告白した途端、父は血相を変えて紫乃の腕を引き、自分の背に隠す。

「天狗だと？　紫乃、お前はだまされている。天狗は荒くれ者だ。殺されてしまうぞ。紫乃になにをした！」

「そうじゃない。左京さまは違うの」

大男の左京に対して、ひるむことなく殴りかからんばかりの父を紫乃は羽交い締めにして止める。

「放しなさい。天狗は私たちの敵だ」

「聞いて。左京さまは敵じゃない」

「私は、お父上が恐れる黒天狗ではありません」

父の憤りにも動じない左京が白い立派な羽を出して見せると、父はあんぐりと口を開けた。

「我々天狗の一族は、人間をひどい目に遭わせてきました。その点については、弁解の余地もありません。しかし私は――」

「もしやあなたは、澪さまが助けたというあの？」

父の口から澪の名が出たので、紫乃も左京も驚いた。

「……そうです。陰陽師に殺められそうになったところを、斎賀家の澪という女性に助けていただき、生きながらえています」

左京の説明を聞いた父はへなへなとその場に座り込み、しばし放心している。

「あなたが澪さまの……。こんなことがあるのか」

「父ちゃん、澪さんを知っているの？」

紫乃が父の手を握って問うと、父は「ああ」とうなずいた。

「澪さまは、斎賀家のお方。紫乃の曾祖母《そうそぼ》の母上、高祖母だ」

同じ斎賀家一族といっても、直系のつながりだとは思いもよらず、紫乃は瞬きを繰り返す。

「そうだ。紫乃は斎賀本家の唯一の生き残り。いや、今や斎賀の血を引いていて生きているのは紫乃だけだ」

やはり自分の肩にすべてかかっているのだとわかり、身が引き締まる。

「あのときの白天狗が、紫乃を助けてくださったなんて……。これぞまさに因果応報。仏さまは斎賀一族の活躍をしかと見ていてくださった」

父は手を合わせて感慨深い様子で話す。

法印のいる筑波山ではなく高尾山に置いていかれたのは、おそらく竹野内たちの勘違いではあったが、今となっては澪が左京に会わせてくれたのではないかと思えるほどだ。

「父ちゃん。私……斎賀家のことをまだよく知らなくて」

「そうだろうな。斎賀一族の話はかん口令が敷かれて、ときが流れるとともに知る者も少なくなった」

「父ちゃんは知ってるんだね？」

期待いっぱいで尋ねると、父は力強くうなずき、左京にも視線を送る。

「白天狗の話も聞いております。あなたは決して人間に手を出すことはないと信じてもよろしいですか？」

「高祖母？」

「もちろんです。ただし、お父上が紫乃さんを守りたいように、私も彼女を守りたい。紫乃さんを傷つけようとする者だけは別です」

視線を鋭く光らせる左京が指すのは、あの残虐な陰陽師一族のことに違いない。

「はい。それでは……」

父は襟を正してから語り始めた。

「斎賀一族は、呪術を操る陰陽師でした」

やはり、颯の話は本当だったのだ。

紫乃は脱力しつつも、あやかしの敵であるはずの澪が左京を助けたのはどうしてなのか知りたくて、耳をそばだてる。

「我が中村家は、今でこそしがない農民となりましたが、その昔は斎賀家の従順な侍従だったのです」

「え……」

予期せぬ事実に、紫乃は思わず声を漏らした。

中村という姓は、村の真ん中に住んでいたことから名づけられたと、もっともらしい話を聞き納得していたが、実は由緒正しき家柄だったのかもしれない。その昔は、それなりに地位のある者しか苗字《みょうじ》を名乗っていなかったのだし。

「斎賀家の能力の持ち主は代々女性で、そのせいで陰陽師の仲間内では常に末席。ただし能力はかなり高く、それを知る仲間の一部には斎賀家を恐れる者もいたとか」

官職であったという陰陽師は男性だと勝手に思い込んでいた紫乃は、女性がその地位にあったと知らされて頭を殴られた思いだった。

「陰陽師といえば、吉凶を占う者たちの集まりだ。それだけを生業《なりわい》にしていた一族もいるが、斎賀家を含む陰陽師五家と呼ばれる有能な陰陽師家は、あやかしたちが街を闊歩《かっぽ》する百鬼夜行の折に必ず招集されていたそうで」

父も五家について触れる。信憑性《しんぴょうせい》がありそうだ。

「彼らは占いなどにはかかわらず、呪術を使ってあやかし退治をするのが主な任務だったのだ。呪術をかけるために、陰陽師たちは印を用いていた」

「印って？」

陰陽師についてよく知らない紫乃が尋ねると、父は手でいくつかの形を素早く作った。

「陰陽師たちは、九字の呪文とこのように手で作った九つの印を合わせることで、あやかしから身を護《まも》ったり、別の陰陽師にかけられた呪詛を解除したりした。ところがこの五家の者は、身を護るだけでなく攻撃にも使っていたとされているのだ。左京さんは、その攻撃にあったのだろう」

父が言うと、難しい顔をした左京は深くうなずいた。

そのときのことを思い出してしまったのではないかと焦った紫乃は、左京の手をとっさに握る。

「左京さま、大丈夫ですか？」

「問題ない。私もなにか思い出せないかと考えていただけだ。お父上の言う通り、私に呪術をかけた陰陽師もその九字切りをした」

左京の話にうなずく父は、再び口を開く。

「その九字切りで攻撃を仕掛けられるだけでも優秀なのに、斎賀の能力者だけはその印すら必要としなかった」

「どういうこと？」

混乱する紫乃が問う。

「斎賀一族は、呪文や印がなくても、心で強く念じるだけで力を発揮できるのだ。九字切りをするには少し時間がかかる。斎賀家一族はその間に攻撃を仕掛けられるということだ」

女であるがゆえ地位は低かったが、能力は高いどころか最高位だったということなのだろう。その血が自分に流れているのが信じられない。

「それじゃあやっぱり、斎賀家はあやかしたちを殺めていたのね」

覚悟していた答えだし、左京のおかげで今は前を向けている。とはいえ、落胆がないわけではない。

「その昔、国にお仕えしていた頃はそうだったと聞いている。ただ、百鬼夜行といえど、帝都を練り歩くお祭り騒ぎが好きなだけのあやかしが多数いることに気づいていた斎賀家は、人間に危害を加えない者まで殺めるのはおかしいと主張して、仕事を請け負わなくなった」

「そのようなことが許されたのですか？」

今度は左京が口を挟むと、父は眉をひそめて首を横に振った。

「いいえ。そのせいで、国からも陰陽師の仲間からも非難され、追放されました。ただ、地位は最下位なのに能力が高い斎賀の能力者が目の上のたんこぶだった残りの四家にとっては、斎賀家を排除するまたとない機会だったはず」

仲間内で足の引っ張り合いがあったとは残念ではあるけれど、紫乃は斎賀家が追放されてよかったのではないかと思う。ほかの家門に追随して意に沿わぬ行為に手を染める必要などないからだ。

それに、罪のないあやかしを殺めることに疑問を感じた先祖がいたと聞いて、安心もした。

「そもそも仲間たちから見下した態度を取られていた斎賀の能力者は、追放の決定に安堵したことでしょう。それからは、人間とあやかしの共存を目指すようになりました。しかし権力を望む侍従たちは、別の家門に移っていったのです。中村家だけが斎賀家のもとに残りました」

「それじゃあ、私が中村家で育ったのは……」

紫乃が尋ねると、父の表情が曇った。よくない話がまだ隠されていると感じて、心臓の音がうるさくなる。

「斎賀以外の四家は、斎賀家を追放しさえすれば自分たちの地位は安泰だと思っていたんだ。でも、あやかしを殺めようとすると斎賀の者がそれを阻止するようになり、国からの下命を遂行できず徐々に信頼を失う羽目になった。そのため、今度は斎賀家が邪魔になったのだ」

斎賀家はずっと昔からそうした非難を背負いながら、正しいと思う道を進んできたに違いない。

「命を狙われるようになったのね」

父の口からは言いにくいだろうと、紫乃は率先して言った。すると父は一瞬目を伏せたあと、表情を引き締めてうなずく。

「だから斎賀家は、表舞台には一切出てこなくなった。どこにいるのか知られないように住居を転々とし、ときには傷ついたあやかしたちの面倒を見るために、人里離れた山の中腹に居を構えたこともあったようだ」

そういえば、左京から『陰陽師に家族を殺されたあやかしの子供たちがあふれていたが、斎賀の者がとある山の山腹に屋敷を構え、面倒を見た』と聞いた覚えがある。それと父の話が合致した。

「命を狙われるようになってから、中村家は斎賀家から突然縁切りされてしまった。おそらく、巻き添えにしたくなかったのだろう。我が一族の先祖もそれに気づいて、距離を取るようになったようだ。だから近年の斎賀家の動きについてはよく知らなかった。それなのにあの日、突然私たちの前に斎賀家の末裔を名乗るお方が現れたのだ」

「それって……」

父が言う〝あの日〟とは、紫乃が中村家に引き取られた日なのではないかと直感し、緊張が走る。

「旦那さまとともに駆けこんできたその女性は、生後間もない女の子を抱いていた。陰陽師に追われていてこの子を守りきれない。預かってほしいと。それが……紫乃だ」

毒を盛られて高尾山に置き去りにされたとき、紫乃の脳裏に浮かんだ見知らぬ男女は、父と母だったのかもしれない。

「そっか……」

紫乃が声を漏らすと、今度は左京が励ますように紫乃の手を握る。

「母ちゃん、ちょうどその頃にお腹の赤ちゃんが流れてしまって」

「そうなの？」

紫乃と弟の間に妹がいて亡くなったのは知っているが、生まれてこられなかった命があったのは初耳だ。

「ああ。父ちゃん、斎賀さまの大切な末裔を預かれるのかってすごく迷ったんだ。だけど母ちゃんは、あの子が戻ってきてくれたってふたつ返事だった。だから、紫乃。お前は斎賀さまの子でもあるが、私たちの子なのだ。落ちぶれた侍従が失礼かもしれないが、紫乃は誰がなんと言おうと父ちゃんたちの――」

紫乃は、声を震わせる父の胸に飛び込んだ。背に回した父の手に力がこもり、紫乃の目から大粒の涙がこぼれる。

父にこんなふうに抱きしめてもらったのはいつ以来だろうか。弟が生まれてからは記憶にない。

「うん。私は父ちゃんと母ちゃんの子だよ。時子姉ちゃんの妹で、茂と清の姉なの。これからもずっと」

紫乃が訴えると父は小刻みに何度もうなずいている。

父は自分を〝落ちぶれた侍従〟と言うが、斎賀家を信じ最後までついてきてくれた一族なのだ。

おそらく斎賀家の先祖は中村家を助けたかっただろう。しかし命を狙われ逃げながら、あやかしと人間の緩衝材になるという役割を果たすので精いっぱいで、突き放すことしかできなかったに違いない。

それに、斎賀の両親が父を頼って子を預けたのも、中村家をずっと信頼していた証《あかし》だ。

「……父ちゃん。私を預けたあと斎賀の両親は……」

肝心なことを聞かなければと口に出したが、紫乃の心臓は爆《は》ぜてしまいそうなほど激しく鼓動し始めた。

父は眉間に深いしわを刻み、深いため息を落とす。

「斎賀の能力者は、陰陽師としての能力がずば抜けて高いことは話したな」

「うん」

「斎賀家は癒しの一族だ。陰陽師の仲間から追放されたあとは、決して誰も傷つけず守ることに徹してきた。ところが、斎賀家をよく思わない四家の陰陽師から、攻撃を仕掛けられることは多々あったのだ」

やはり、そういう定めを背負った一族なのだろう。でも、罪のない者に手をかけるよりずっといい。

「それを切り抜けるのに、呪詛返しを使っていた」

「呪詛返し？」

紫乃はなんのことかわからなかったが、うなずく左京は知っているようだ。

「かけられた呪詛を跳ね返し、かけた本人に痛手を負わせる業だ。かけた呪詛が強ければ強いほど跳ね返りの効果は高くなり、それによって命を落とすこともある。〝人を呪わば穴ふたつ〟と言うが、呪術を操るには大きな危険も伴う。斎賀家はそれを体現していた」

その怖さをも知っていたため、決して他者を傷つけることに能力を使わなかったのかもしれないと、紫乃は納得した。

「ただし、呪詛返しをするには多大な力が必要だ。斎賀家の能力者であれば普段なら難なく行えるのだが、子を孕み出産するときだけは能力が弱まる。子に力を分け与えるからだ」

それは、能力者が必ず女性である斎賀家だけが持つ弱点だったのかもしれない。

「それじゃあ、私が預けられた頃は、呪詛返しができなかったの？」

「聞いたわけではないからわからない。だが、その可能性は高い。だからこそ、別の一門に居場所を察知されたとき、紫乃を守りきれないと考えて預けに来たのではないかと」

おそらく父の推測は間違っていないだろう。子を手放すなんて、簡単にできることではないはずだ。

――ということは。

「斎賀の父と母は……亡くなったの？」

「亡くなったことを確認したわけではないが……紫乃が五つになっても迎えに来なければ、紫乃には斎賀家のことは伏せて中村の子として育ててほしいと言われていた。だからおそらく」

父は悔しそうに顔をゆがめ、紫乃は天を仰いだ。

紫乃は、斎賀の両親が隠れて生きながらえているのではないかという期待を捨てきれないでいたのだが、一縷《いちる》の望みが絶たれてしまった。

母は力が弱まることを承知の上で産んでくれたのだ。まさに、命がけで。

「紫乃が五つになったとき、紫乃が斎賀の末裔であることは、墓まで持っていこうと決めたんだ。私は中村の血を引くとはいえ、斎賀一族が持つ力を目の当たりにしたことはない。ましてや、その力を紫乃に覚醒させる方法となればお手上げだ。それなら、斎賀家のことは隠してごく普通の娘として育てるべきだと思った」

紫乃には父の言いたいことがよくわかった。特殊な能力が発揮できない以上、斎賀一族を邪魔だと思っている四家の陰陽師に見つかれば、呪詛返しも望めず、黙って殺されるしかない。そうであれば、ごく普通の村娘として育ったほうがいい。

「そうすることは、斎賀一族が持つ能力の終焉《しゅうえん》を意味するとわかっていても、紫乃を守りたかった」

父は歯を軋《きし》ませる。

斎賀一族を守るという役割を背負った中村家の末裔である父にとって、苦渋の決断となったに違いない。

おそらく父は、斎賀の能力を終わりにする悔しさもあっただろう。けれど紫乃は、父や母の深い愛を感じられて幸せだった。

「父ちゃん、ありがとう。私……父ちゃんと母ちゃんの子じゃないかもしれないと知ったとき、つらくて、信じられなくて……」

あやかしを操るほどの魅了の力があろうが、血が噴き出すほどの深い傷を癒せようが、中村の父と母の子でないという事実はつらすぎた。紫乃が心から慕っている人たちだからだ。

「それも、父ちゃんたちが私をたくさん愛してくれたからだよ。今でも心の整理がすっかりできたとは言えないけど、自分が斎賀の血を引いていることは、受け入れられるようになった。力の使い方なんてまるでわからないけど、私にできることはしたいと思ってる」

紫乃は左京にちらりと視線を送りながら伝えた。左京が支えてくれたからこそ、こうした胸中に至ったのだ。

「斎賀さまから紫乃を預かったとき、大切に育てると心に誓ったのに、苦労ばかりかけてしまって……」

山下が紫乃たちを買いに来たとき、父が紫乃を強くかばった光景が思い返される。

「姉ちゃんも、私が本当の妹じゃないと知ってたんだね」

「ああ。紫乃が我が家に来たとき、時子はまだ幼かったが、成長してからいろいろ聞かれて『大切な人から預かった』と答えた。『大丈夫、私も紫乃を守るよ』と力強く励ましてくれて……」

「姉ちゃんが……」

姉も命を懸けて紫乃を守ってくれた。いつも優しかった時子の笑顔が脳裏に浮かび、涙が止まらなくなる。

「斎賀さまが紫乃を預けに来たとき、これで育ててほしいとたくさんお金を置いていってくれたんだ」

そういえば昔、近所の人が『紫乃ちゃんが生まれてしばらくは、裕福な暮らしをしていたんだよ。でも盗人《ぬすびと》が入ってね、貯《た》めた財産を全部持っていかれてしまったみたいだ』と話していたのを思い出した。それを元手に父は土地を買おうとしていたが、買えなくなったとかなんとか。

「泥棒が入ったと聞いたけど……」

紫乃の言葉に、父は無念の表情で首を横に振る。

「その金で土地を広げて紫乃に安定した生活をと思っていた。しかし紫乃を預かって二年ほどした頃、時子が病に侵されて村の医者には匙《さじ》を投げられてしまった。それで隣町の医者に診てもらって生きながらえたんだ。そのときの薬代がかなりかさんで、預かった金をほとんど使い果たしてしまった。紫乃のために使うはずだったのに、申し訳ない」

真実を知り驚いたけれど、嫌な気持ちなどひとつもなく、それどころか晴れ晴れしいくらいだった。

「姉ちゃんが助かったんだから、それでよかったんだよ。父ちゃんの選択は正しかったんだよ」

もしかしたら、時子はこのことについても知っていたのかもしれない。だからこそ、竹野内の屋敷で紫乃の味噌汁までためらいなくあおったに違いない。

「紫乃にひもじい思いをさせて、吉原にまで……斎賀さまにとても顔向けできない。中村家の末裔として失格だ」

父は膝の上の拳を震わせ、無念の声を振り絞る。そして左京に向けて額を畳にこすりつけた。

「紫乃を助けてくださってありがとうございます。斎賀家をお守りするどころか、窮地に追いやってしまった浅はかな侍従を、どうかお許しください」

「父ちゃん、もうやめて」

父は時子も紫乃も自分の子として育てただけ。命が消えそうな時子をなんとか助けたいと思うのは親心だ。たとえ自分のために預けられた金を使ってしまったとしても、そのことについて恨むつもりなどまったくない。

父は大黒柱として勤勉に働き、できる限りの手は尽くしてくれた。幸せな時間をくれた。

いたたまれなくなった紫乃は、父の肩に手を置き持ち上げようとしたけれど、むせび泣く父は小刻みに体を震わせたまま顔を上げようとしない。

「お父上」

神妙な面持ちで聞いていた左京が、父に声をかける。

「斎賀一族は、我々あやかしにとっても必要な方。その末裔の紫乃さんを守ってきたのは紛れもなく中村家です。仕方のない事情がいくつか重なり、それに罪の意識を感じていらっしゃるのでしょうが、紫乃さんはこうして生きている」

左京がそう伝えると、父は涙で濡れた顔をようやく上げた。

「……お願いがございます」

父は涙を大まかに拭ったあと、真剣な顔つきで姿勢を正す。

「なんでしょう」

「我々中村家は、筆頭従者として斎賀家にお仕えしてきました。ですが、今はただのしがない農民。お恥ずかしいことに、食うにも困るようなありさまです。これまでも、紫乃を隠しておくので精いっぱいでした。ひとたび斎賀家をつぶしたい陰陽師が動きだせば、紫乃を守る術《すべ》などありません」

父は擦れた畳に手をつき、左京をまっすぐに見つめる。

「どうか、白天狗さまの力をお借りできないでしょうか。あなたを信じて、紫乃を託したいのです」

必死の形相の父は、首を垂れた。

今日父の頭を下げさせたのは、これで何度目だろう。

紫乃は申し訳なく思いながらも、優しい心遣いに感謝した。

「頭を上げてください。私の命に替えてでもお守りすると誓います」

左京も父と同じように真摯な表情で快諾した。命に替えてでもという毅然《きぜん》たる彼の言葉に、紫乃の胸はいっぱいになる。

澪への恩はあるとしても、偶然拾い仕方なく妻にした自分に対して向けられているとは信じがたいほど篤実で温かい宣言に、目頭が熱くなった。

左京の意志のある目は、とてもこの場を取り繕っているだけのようには見えない。あやかしたちの前で祝言を挙げたあのときから、たとえかりそめの妻であっても紫乃を守るという覚悟があるのだろう。

左京はやはり優しい心を持った天狗なのだ。

「ありがたい、本当にありがたい。どうかよろしくお願いします」

斎賀の父と母から紫乃を預かった瞬間から、中村の両親は重い荷物を背負ってきた。その荷を下ろして、楽になってほしい。

父は思いついたように立ち上がり、部屋の片隅に置いてある葛籠《つづら》の蓋を開けた。ここには家族の着物が収納してあるが、父はその着物をすべて出し底から色褪《いろあ》せた紙を取り出した。

「紫乃、これを」

丁寧に埃《ほこり》を払い、紫乃の前に差し出されたそれには、見たことがない文字のようなものが記されている。

「これはなに？」

「斎賀さまから預かった、身を護るための護符だ。紫乃には斎賀一族が受け継いできた特別な力がある。しかし、その使い方を教えてやることができないからと、これを渡されたのだ。紫乃の母上の強い念が込められている。この先、紫乃を助けてくれるだろう」

「斎賀の母が……」

紫乃はその護符を両手で受け取り、胸に抱いた。

出産で落ちていた力を振り絞って、これを作ってくれたのかもしれない。そう考えると、実の両親の強い愛も身近に感じて、胸に迫るものがある。紫乃は、四人に愛され、そして大切にされてここまで来たのだ。

「しかし、これ一枚しかない。しかるべきときに使いなさい」

「うん。ありがとう」

紫乃が笑顔を作って言うと、父は満足そうにうなずいた。

その後、母と弟とも久しぶりに笑い合い、穏やかな時間を過ごした。

母はなにも言わなかったが、もしかしたら左京が人ならざる者だと気づいていたかもしれない。一風変わった容姿もさることながら、妻の両親に初めて会うというのに落ち着き払ったたたずまいから、一介の人間とは思えないはずだ。そのうえ、斎賀一族の歴史や中村家との関係について知っているのであれば、紫乃があやかしのかたわらにいたとしても納得できるだろう。

最後まで左京とどこで暮らしているのか聞いてこなかったことからも、それがうかがえる。母親であれば気になるはずなのにあえて問わなかったのは、紫乃が答えられないとわかっていたからのような気がした。

母は父に守られているだけのように見えて、芯の強い女性だ。特殊な能力を持つ一族の紫乃を自分の子として育てると決めたときから、こういう日が訪れることを覚悟していたのかもしれない。

父が必要な話だけ母に打ち明けるはずだと思った紫乃は、「私は幸せに暮らしています」とだけ伝えて、うしろ髪を引かれながら、左京とともに村をあとにした。

人気《ひとけ》のない林まで歩き、来たときと同じように左京に抱かれて空に舞い上がる。すると、ぽつぽつと雨が降りだした。

「紫乃の天気予報は当たったようだ」

「遅くなってしまい、すみません」

中村の家族と別れ難く、早く高尾山に戻らなければならないことなんて、すっかり頭から飛んでいた。

「颯の話を聞いただろう？　私は水を操るのだ。雨くらいなんともない。紫乃は……」

左京は紫乃に目を合わせて、少し困った顔をする。紫乃の涙が止まらないのに気づいたからだ。

この涙は、なんの涙なのか自分でもよくわからない。中村や斎賀の両親の愛を感じてうれしくもあり、左京の誠実な言葉一つひとつへの感謝もあり……。しかし、紫乃をかばいみずからが死ぬことを選んだ時子の最期を思い出してつらくもあり、紫乃をこの世に誕生させたばかりに、命を落とすことになった斎賀の父と母への申し訳ない気持ちもあり……。

一気にいろいろな感情が胸に押し寄せてきて、止まらなくなってしまった。

「今日は、少し雨が降ったほうがよさそうだ」

「はい」

この雨が、涙を隠してくれる。

左京が思う存分泣けばいいと言っていると感じた紫乃は、嗚咽《おえつ》を漏らし始める。すると左京は、紫乃を抱え直して胸に引き寄せてくれた。

◇　◇　◇

まさか紫乃の父の一族が、斎賀家の侍従であったとは左京も驚いたが、そのおかげでかなりくわしい話を聞くことができた。

父はしがない農民だと自嘲していたものの、中村家が背負ってきた役割を今でも忘れず、しかと心に秘めているのが一目瞭然だった。

左京の風貌に驚いたのだろう、最初に顔を合わせたときは目を丸くしていたが、紫乃が結婚を報告すると柔らかな笑みを見せた。

しかし斎賀家について語る間、優しそうなその目は鋭く光り、顔つきもまるで別人。今でも斎賀家への忠誠心があり、侍従としての矜持《きょうじ》を持ち合わせているように感じた。ただ、紫乃に対する愛情だけは、そうした主従関係など超えた域にあり、ただの父と娘でもあった。

紫乃を女衒に渡さねばならなかったとき、どれだけ無念だったか。父にとって家族は紫乃だけでなく、妻や息子たちも同様に大切で、まさに苦渋の決断だったに違いない。

紫乃が弟ふたりと戯れている間、母が左京の隣にやってきて、「あなたは、あやかしですよね」と小さな声でささやいた。

父との話は聞いていなかったはずなのに、ずばり指摘されて驚愕《きょうがく》したが、左京はすぐにうなずいた。母の達観したような表情から、どんな現実も受け入れる覚悟があると感じたからだ。

「斎賀のお嬢さまを、私の病のせいで手放してしまった……」

悔しそうに顔をゆがめて声を詰まらせる母は、強く手を握りしめていた。やはり、中村家の実子ではなく、斎賀一族の末裔であることに紫乃が気づいたと察しているようだ。

「紫乃さんは、今のお母上の言葉を喜ばないと思います。お母上が紫乃さんを守りたかったように、紫乃さんはお母上や弟たちを守りたかったのです。家族ですから」

左京は法印という兄がいても、憎しみの対象でしかない。母も目の前で失い、長らく天涯孤独だったため家族の情に乏しく、その絆についてよくわからないでいた。

しかし中村家を訪ね、血のつながりなど問題ではなく、それをも超越した愛情あふれる関係なのだとよくわかった。

左京は紫乃たちが心から微笑み合う姿を見ながら、どこかに置き忘れた温かな心を取り戻したような気すらしていた。

「そう、ですね。あなたの言う通りです。紫乃はいつも明るくて、我が家の太陽のような子でした。でもきっと、つらいこともたくさんあったと思います。これからも……斎賀の血を引く以上、なんらかの火の粉が紫乃に降りかかるでしょう」

ため息とともに吐き出した母は眉をひそめた。

「私がお守りします。私は……斎賀家に助けていただいた白天狗です」

「えっ……」

母は目を丸くして、左京を見上げる。

「斎賀一族への恩は、きっちり返させていただきます。いや、そうじゃない。紫乃さんは……私の大切な妻ですから」

左京の口から自然とそんな言葉が出ていた。もちろん、澪への恩は絶大で、それを返せるのならどんなことでもする。

しかし今はそれより……頬に泥をつけ、あやかしたちと一緒に畑仕事に精を出す紫乃の天真爛漫な笑顔を曇らせたくない。そんな気持ちが日に日に強くなっていく。

左京は手を真っ黒に汚して奔走する姿を見て、紫乃が改めて斎賀の血を引いていると強く感じた。人間だからとかあやかしだからとか、そうしたしがらみなど一切感じさせず、分け隔てなく接する彼女は、この先もあやかしと人間の絆を紡ぎ続けるはずだ。

「ありがとうございます。別れがたいのですが、紫乃はあなたのところにいたほうがいい。私たちでは到底守りきれません」

「はい。お父上にも、お守りすると約束しました。ですが、もう会えないわけではありません。必ずまたお連れしますから、どうか元気でいてください」

左京がそう伝えると、母は柔らかな笑みを見せた。

群馬の村から高尾山に帰るとき、紫乃の涙は止まらなかった。

おそらくある程度自分の過去や役割について覚悟して向かったはずだが、父から聞いた話は彼女にとって想像以上に衝撃的だったはずだ。中村の両親も姉の時子も、そして斎賀の両親も、ただただ紫乃を守るために力を尽くしてきたのだから。

無論、紫乃にとってはありがたい事実だっただろう。一方で、斎賀の両親と時子が命を落とすという結果になったのもまた事実。紫乃がこの世に生を受けなければ、もしかしたら三人は今でも生きながらえていたかもしれないからだ。

しかし斎賀の両親は、間違いなく紫乃の誕生を喜んだはず。時子も、紫乃が斎賀の血を引くからというよりは、姉として妹を守りたかったのではないだろうか。

そう思った左京は、ただ紫乃を強く抱きしめ続けた。


屋敷に戻って十日。

紫乃は、手鞠や蘭丸に振り回されつつも笑顔を絶やさない。元気を取り戻したかのようだが、ふとした瞬間に遠くを見つめて放心している姿が見られるようになった。

「左京さま、ただいま戻りました」

「ご苦労だった」

昼餉のあと、時子たちの墓参りを頼んでおいた颯が戻ってきた。彼は、窓から紫乃と子供たちが戯れる姿を見ていた左京の前に跪《ひざまず》く。

「声はかけませんでしたが、紫乃さまのご両親のお姿がありまして、母上が泣き崩れていらっしゃいました」

「そうか……」

子を亡くした母の気持ちを思うと、胸が張り裂けそうだ。

左京も自分をかわいがってくれていた母の笑顔が脳裏に浮かび、いたたまれない気持ちになる。思えば、左京も時子を目の前で失った紫乃と同じだ。陰陽師に捕まった左京を取り戻しに来た母は、左京の前で無残に殺された。大切な者を失う苦しみは千言万語を費やしても表しきれない。

「紫乃さまは……大丈夫でしょうか」

「気づいていたのか」

左京は再び窓の外の紫乃に視線を移して言った。

にこにこと愛くるしい笑みを見せる一方で、人知れず苦しんでいることを。

「朝餉の支度をしていたとき、漬物を切る手が止まっていらっしゃいました。手鞠が来たのですぐに笑顔になられましたが、背負うものが大きすぎますし」

左京は同意してうなずく。

「斎賀の血を引くことで、少なからず悩むところはあるだろうな。それに、実の両親の死を知ったばかりなのだ。簡単に心の傷は癒えまい。しかし紫乃なら大丈夫だ。紫乃は私たちが考えるよりずっと強い」

「そうですね。左京さま、手鞠と蘭丸は私が預かりますから、たまにはご夫婦の絆を深めてはいかがですか？」

「どういう意味だ」

左京が尋ねると、颯はくすっと笑みをこぼす。

「そのままでございます。ご夫婦になられたというのに、おふたりで過ごす時間があまりに少ない。人間は逢引《あいびき》きを通じて情を重ねるのですよ。左京さまたちもぜひ」

「いや、しかし私たちは……」

颯とて、紫乃との婚姻が彼女をここにかくまうためのものだと知っているはずだ。

「お酒が必要ですか？」

「は？」

「いえ、なんでもありません」

颯は意味深長な笑みを浮かべて立ち上がる。

「紫乃さまを呼んでまいりますね」

「待て。逢引きと言われても、なにをするのだ」

左京にはそのような経験がない。

「なにもしなくてもいいのですよ」

「なにもしない？」

おちょくられているのだろうかと、左京は少々不機嫌になる。

「ただ一緒にいるだけでいいのです。それが難しいのであれば、やまゆり畑にでも行かれてはどうでしょう。裏庭ですと目ざとい蘭丸に見つかってしまいますし、市に足を伸ばしてもあやかしたちに囲まれてしまうでしょうし……。それでは」

──一緒にいるだけとは……。

それが逢引きなのだろうか。左京は首をひねった。

けれど……紫乃がかたわらにいるときは、なぜか心が安らぐ。もし紫乃もそうであれば、颯の話もまんざら嘘ではなさそうだ。

とはいえ、紫乃とふたりきりだと意識するとなぜか落ち着かない。左京は無意識に襟を正した。

紫乃はそれからすぐにやってきた。

「左京さま、お呼びだそうで」

廊下から声がする。立ち上がり障子を開けると、正座した紫乃が見上げてくる。

「呼んだのは、颯なのだが……」

「颯さん？　すみません、颯さんから左京さまがお呼びだと。勘違いですね。失礼いたします」

「いや、そうではない」

紫乃が戻っていこうとするので、とっさに腕をつかんでしまった。

「すまない」

慌てて手を放したが、なぜか耳が熱い。

「いえ……」

不思議そうに首を傾げる紫乃の大きな目に自分が映っていることに気づいた左京は、思わず視線をそらしてしまった。

「その……あいび……いや、散策にでも出かけないか」

とても逢引きなどとは口に出せず、散策とごまかす。すると紫乃は瞬きを繰り返しきょとんとしている。迷惑だったのではないかと、背中に汗が噴き出した。

「……散策ですか？　もちろん行きます」

どうやら左京からの誘いに驚いただけのようだ。紫乃の声が弾むので、安堵の胸を撫で下ろした。

紫乃を伴い屋敷を出ると、遠くに雲の峰が見える。あの雲は激しい雨を降らせるが、左京たちの頭上には蒼天《そうてん》が広がっていた。

「今日の空は、左京さまの瞳の色のように美しいですね」

紫乃が天に向かって手を伸ばし、微笑む。

「たしかに空は美しいが……」

この碧い目も陰陽師の呪術によって変化したものであり、黒い色素が抜けたのは、おそらく死の淵まで行った証。法印たち黒天狗に散々笑い者にされてきたが、紫乃は羽も髪も、そしてこの瞳までも美しいと言ってくれる。

「もしかして、お世辞だと思っていますか？　違いますよ、本当におきれいなのです」

白い歯をこぼす彼女がまじまじと目を見つめてくるので、むずがゆくてたまらない。

「そんなことはどうでもよい」

照れくささが募り強い言い方をしてしまった左京は、ハッと口を手で押さえた。

「す、すみませ――」

慌てる紫乃の表情を見て発言を後悔し、即座に首を横に振る。

「いや、そうではない。……ほ、褒められ慣れていないのだ。だから、その……」

手に妙な汗をかき、うまく言葉が紡げない。

「ふふっ。でしたら私が慣れさせて差し上げます」

「そ、そうか……」

紫乃に笑顔が戻ったので、安堵した。

「これからどちらに？」

「少し歩いてもよいか？　裏山を上っていきたいのだが」

「ええ、もちろんです。山歩きは得意なんですよ。……なんて、転んでも見なかったことにしてくださいね」

群馬で、山の中も駆けまわっていたのだろう。泥まみれになるのも気にせず畑を耕す紫乃を見ていると、その姿が想像できる。

「ならば」

左京が紫乃に手を差し出すと、首をひねっている。

「えっと……」

「ああ、すまない。蘭丸たちが手をつなぎたがるから、つい」

子供扱いしてしまった……。いや、気安く触れようとしたことを反省した左京は、ばつが悪くて手を引き、顔をそむけた。すると左腕に手を添えられてひどく驚く。

「転ばないようにと考えてくださったんですね。……お言葉に甘えてもいいですか？」

うつむき加減で言う紫乃の頬がほんのり赤らんでいるのに気づき、左京はなんとも言えない胸の痛みを感じた。

――なんなのだ、これは。

彼女を抱えて飛ぶときは、落ちぬようしっかりと抱きとめるのに、それより気恥ずかしいのは気のせいだろうか。

「ああ、構わん」

左京は平然を装う。しかしすぐに紫乃目当てに訪れていたあやかしたちに見つかった。

「左京さまと斎賀さまだ」

「お似合いだ」

「仲良し、仲良し」

「あっ……えっと」

言葉を詰まらせて恥ずかしがる紫乃が手を離してしまうのが少し寂しいなんて、自分の気持ちがよくわからない。

「こんにちは。ちょっと左京さまとお出かけしたいの。ふたりにしてくれるかしら」

紫乃が意外な願いごとをするので、左京は目を見開いた。

「もちろんでございます」

「行ってらっしゃい」

「お気をつけて」

「ありがとう」

紫乃はあやかしたちに優しい笑みを向けたあと、再び左京の腕に手を添えてきた。

「無理に握れとは言わん」

「あっ、ご迷惑ですよね」

すさまじい勢いで手を引いた紫乃の顔が引きつっている。

「違う。……私に気を使ったのではないか？」

また怖がらせてしまった。会話というものはつくづく難しい。

「いえ……。体力はあるんですけど、本当によく転ぶんです。もし、よろしければ……あっ」

「痛かったか？」

紫乃の腕を引き自分の腕をつかませたものの、少し力が入りすぎてしまった。

「いえ、全然。行きましょうか」

照れたようにはにかむ紫乃が促すので、緩やかな坂を上り始めた。

颯が話していたやまゆり畑は歩いて寸刻のところにあり、そこから周辺の山々を見渡せる。ひとりで考え事をしたいときには最適の場所で、左京はこれまでにも何度も足を運んだ。

やまゆり畑が近づいてくると、青葉のにおいを含んだ風が次第に独特の甘い香りに変化していく。

「もう近いですね」

紫乃はすーっと息を吸い込み、やまゆりの香りを楽しんでいる。

「……わっ」

彼女は顔をほころばせたのとほぼ同時に、木の根に足をすくわれ体が傾き、左京が抱きとめてことなきを得た。

「す、すみません」

左京にしがみついた紫乃の腕の力は、思いのほか強い。

「構わん。そのために私がいるのだ」

「違いますよ。一緒にやまゆりを楽しむためです」

「そうだったな」

左京はそう返事をしたが、紫乃の言葉がうれしかった。

けれど、中村の父と母から託されたのだ。彼女はなんとしても守らなければならない。

「うわー、いっぱい咲いてる。裏庭でも驚いてたのに……」

やまゆり畑に着くと、紫乃は興奮し子供のような無邪気な笑みを浮かべる。

颯に背中を押されての訪問だったが、連れてきてよかったと思った。群馬に行ってから顔をほころばせてはいても、どこかに陰があったからだ。

やまゆりの高潔で優雅なさまは、どこか紫乃に似ている。

普段は子供たちと一緒に走り回り、楽しいときは大きな口を開けて笑い、間違っていると思うことには憤る。腹を括り覚悟を決めたときの彼女の表情は凛々しく、神々しく感じられるほどだ。無意識かもしれないが、斎賀家の業を背負うのにふさわしい気高さがある。

実の両親の死と、中村家に託された経緯を聞き、今は心に波が立っていることだろう。しかし彼女は必ず乗り越える。そして、自分の足でしかと大地を踏みしめながら、前に進むはずだ。

「あなた、ひときわきれいね」

左京はしゃがんでやまゆりとの会話を楽しんでいる紫乃に歩み寄り、髪をひとつにまとめていたかんざしをするりと抜いた。

すると、艶のある長い黒髪が、芳しいやまゆりの香りをたっぷり含んだ風に煽られてなびく。

突然だったからか紫乃は目を丸くしたが、すぐに優しい表情に戻った。

「風が気持ちいい」

「このほうが、やまゆりの香りがよくまとわりつきそうだ」

左京はもっともらしいことを口にしたが、小さくまとめた髪を自由にしてやりたくなったのだ。……ほとんど衝動的に。

本当は髪ではなく、紫乃自身を自由にしてやりたい。斎賀家が背負うものなど忘れて、誰からも命を脅かされることなく、行きたいところに足を向け、やりたいことを探求する。そんな人生を彼女に与えられたら……。

紫乃に出会うまで、左京は澪に生かされた命だから生きねばと、淡々と毎日を繰り返していた。けれど、生きていたいのは自分の意思だと気づいてからは、この先の未来にどこか期待している。

紫乃も、そうあってほしい。誰かに決められたり、運命に翻弄されたりするのではなく、みずからが望む道を選び歩いていく。そんな人生が彼女にもあれば——。

筑波山に住まう、法印を頂点とした黒天狗たちから見下され、孤独をよしとしてきた自分が、自分以外の誰かについてこれほど真剣に考えているのが信じられない。しかし、紫乃とかかわっていられることが心地いいのだ。

「そうですね。せっかく来たんですから、手鞠ちゃんと蘭丸くんにもおすそ分けしなくちゃ」

これほど肩の力が抜けた紫乃の微笑みを見たのは、初めてではないだろうか。様々なしがらみからひとときでも解放されたのであればうれしい。

「あっ……」

紫乃が小さな声をあげ目を見開くので、緊張が走る。しかし次の瞬間、彼女の表情が和らいだ。

「どうした？」

「左京さまの御髪に蝶々が。きっとこの美しさに誘われたんでしょうね」

「そうであれば、紫乃にとまらねばおかしい」

「えっ？」

紫乃は不思議そうに首を傾げているが、美しいのは彼女だ。

たとえ泥にまみれていようとも、心が清らかな彼女からにじみ出ている美しさに、左京は気づいていた。

「なんでもない」

左京が濁すと、紫乃はふふっと笑う。

「また颯さんに、言葉が足りないと叱られますよ」

「あいつに叱られようがなんてことはない。紫乃も……」

左京は紫乃に視線を合わせてから、再び口を開く。

「紫乃も言葉が足りない。胸にあるつかえは、すべて話してしまえ。愚痴をこぼしたとて、私しか聞いていない。それとも私が話し相手では不足か？」

「左京さま……」

群馬から戻ってから、紫乃は斎賀の話も中村の家族の話も一切しない。自分の心の中で消化しようと必死なのだろう。しかし、つらい気持ちは口に出し、思いきり泣いてしまったほうがいい。

紫乃は左京の言葉に目を丸くしたがそれも一瞬で、苦しげに眉根を寄せて目を閉じた。

「どうして……」

「ん？」

「どうして、そんなことをおっしゃるのですか？　必死にこらえているのに台無しです」

「それは悪かった」

左京が答えると、紫乃は首を横に振る。開いた目には、涙が浮かんでいた。

「いえ、ありがとうございます。でも、覚悟してください。きっと左京さまを困らせる……」

「いくらでも困らせればよい。私はお前の夫だ」

紫乃はかすかに微笑んだが、すぐに顔をゆがめ、大きく息を吸い込んだ。

「……斎賀の血なんていらなかった。平凡に暮らしたかった。本当の父ちゃんと母ちゃんも生きていてほしかった」

透き通るような大きな目からほろりと涙がこぼれたのをきっかけに、左京は彼女を腕の中に閉じ込めた。

「ああ」

「殺されるかもしれないと思いながら生きていくのは怖い。あやかしと人間の絆をつなげと言われたって、どうしたらいいかわからないの」

「そうだな」

相槌《あいづち》を打つと、紫乃は左京の着物を強く握りしめてくる。

「でも、期待に応えたいと思っている自分もいて……。なにを考えたらいいのか……」

いつも涼しい顔をして正しい道を切り開こうとする彼女の本音を、ようやく聞けた。

「今はなにも考えなくていい。全部吐き出して泣いてしまえ。気持ちが落ち着いたら、私とともに歩いていこう。私が必ず支えになる」

左京がそう伝えると、紫乃は少し離れて左京を見上げた。

「それでは左京さまに迷惑が……」

「迷惑だと思っているなら、妻になどしない。斎賀家への恩はあるが、私が紫乃を妻にしたのはそれだけが理由ではないぞ」

「えっ？」

左京は紫乃の頬に伝う涙をそっと拭ってから続ける。

「紫乃自身に魅力があるからだ。自分の運命を受け止めようともがき、歯を食いしばりながらも前を見据える。私はそんなまっすぐな紫乃を、純粋に助けたいと思った。紫乃が作る明日を一緒に見たいと思ったのだ」

「左京さま……」

「誤解するな。常に強くあれとは言わぬ。今のように弱音を吐いても構わない。いや、むしろ吐いてくれ。そうでなければ、お前がつぶれる」

目を見て伝えると、紫乃の顔から緊張が抜けたのがわかる。

「……私は、素敵な旦那さまに嫁げたみたいです」

そう言ったときの紫乃の微笑みは、きっと一生忘れないだろう。とてつもなく尊くて美しかった。

◇◇◇

ふたりで向かったやまゆり畑で、花の心地いい香りとともに、左京の優しさに触れられた紫乃は幸せだった。

群馬に戻り、中村の父から自分が何者なのかを聞かされ、そして実の両親の死も知った。すべて受け止めて前に進まなくてはと思っていたのに、心が折れてしまいそうになっていた。

そんな紫乃の不安定な心をわかっていたかのように、左京は弱い気持ちを吐き出させて、思う存分泣かせてくれた。そして、『紫乃が作る明日を一緒に見たい』と言われ、完全に落ち着きを取り戻した。

たとえ斎賀の血を引くことが重荷であっても、もうそれは変えられない事実。そうであれば受け止めて、運命の定めに向き合っていかなければならない。

左京を助けた澪のように立派な行為をしようなんておこがましいことを考えず、紫乃自身が正しい思う道を選び進んでいくのみだ。——左京が隣にいてくれるから。

群馬から戻ってから毎晩寝つきが悪かったのだが、その夜はすぐに寝入ることができた。しかし、なにかが触れた気がしてまぶたを持ち上げると、目の前に左京の整った顔があり、驚きのあまり心臓が止まりそうになった。

「左京さま！」

跳ね起きようとしたが止められ、息遣いを感じる距離で向き合う羽目になる。

「起こしてすまぬ。かわいい顔をして寝ているから、愛でていただけだ。眠ってもよいぞ」

「愛でて……？」

眠っているときの無防備な姿など、まじまじと見つめられてはかなわない。紫乃が両手で顔を覆うと、左京はくすりと笑みをこぼした。

ふわんと漂う酒のふくよかな香りが紫乃の鼻孔をくすぐる。酔っているようだ。

左京は眠ってもよいと言うが、見つめられたまま眠れるほどの度胸は持ち合わせていない。

「あ、あの……あまり見ないでいただけますと」

「なぜだ」

「なぜって……寝ているときの間抜けな顔は見られたくないものです」

紫乃が顔を隠したままそう答えると、不意に抱き寄せられて目をぱちくりさせる。

「さ、左京さま？」

「顔を見られたくないのだろう？　こうしていれば見えまい。間抜けでもなんでもないがな」

そういう意味ではなくて！　と反論したいが、左京の言うことは間違ってはいない。

しかし困った。こんなふうに抱きしめられては、トクトクと速くなりだした心臓の音が、彼の耳に届いてしまわないか心配しなければならなくなった。

「紫乃」

甘いため息交じりの声で名前を呼ばれて、ビクッとする。

「は、はい」

「お前のそばは心地よい」

「えっ？」

左京には魅了の力は働いていないはずなのに。

「よいか。決して私から離れるでないぞ。まあ、離さぬが」

それは……やまゆり畑での話の続きだろうか。左京は『必ず支えになる』と約束してくれた。『離さぬ』と紫乃に伝えて、安心させようとしているのかもしれない。

そばにいて心地よいのは、紫乃も同じ。彼に守られていると思うと、心に張り巡らせた障壁をひととき下ろしておける。

恥ずかしくてたまらないけれど、もっとこうしていたい。

明日の朝になれば、左京は紫乃を抱きしめたことも忘れてしまうだろう。それなら……。

「離れません。もっと……もっと強く抱きしめてくださいませんか」

左京の広い胸に頬を押しつけて顔を隠したまま言うと、背に回した彼の手の力が刹那緩む。

まずいことを望んでしまったと後悔したそのとき、先ほどより強く抱きしめられた。

「こうか？」

「は、はい」

耳にかかる甘ったるい左京の声に、胸が高鳴っていく。

「左京さま」

——お慕いしております。

紫乃は口に出せない言葉を胸の中で叫ぶ。

「ん？」

「なんでもありません。おやすみなさいませ」

「ああ、ゆっくりおやすみ」

左京の心臓の音を聞きながら彼の温もりに包まれた紫乃は、深い眠りに落ちていった。


甲高く弾むように鳴く鳥のさえずりで目を覚ました紫乃は、隣で左京が寝息を立てているのにひどく驚いた。

彼は酔ってこの部屋を訪れても、こんなふうに朝まで一緒に眠ることはなかったからだ。

紫乃の首の下には彼のたくましい腕がある。もしや自分のせいで動けなかったのではと顔が青ざめ、飛び起きて襟元を整えた。

「……起きたか」

長いまつ毛の下の左京の碧い瞳が、紫乃を捉える。

「あ、あの……申し訳ありません」

正座して頭を下げると、左京も体を起こす。

「なにを謝っているのだ？」

「なにをって……」

顔を上げると、彼のはだけた襟元からあの傷が見え隠れてしており、視線をそらした。

「う……腕が、しびれてはおりませんか？　重くて申し訳ございません！」

恥ずかしすぎてうつむき加減で言うと、彼はふっと笑う。

「重かったな」

「本当に申し訳──」

「だが、嫌ではなかったぞ」

紫乃の言葉を遮った左京は、柔らかな笑みを浮かべている。

「紫乃の重みくらい、いつでも私が受け止めてやる。……ただ、昨晩私はなにを話した？」

「あっ……えっと……」

やはり記憶がないようで、少し安心した。自分から抱きしめてほしいと懇願したなんて、面映ゆくて明かせない。

紫乃が言葉を濁すと、左京は自分の大きな手をまじろぎもせず見つめている。

「私は……紫乃を抱きしめたか？」

「えっ……？　いえ、あの……」

そのようなことを面と向かって聞かれても、なんと答えたらいいのかわからない。

紫乃は頬が赤く染まるのを感じながら、顔を伏せた。

「すまない。嫌だっただろうか」

「嫌ではございません！」

なにせ紫乃が願ったのだから。

あまりに強い口調で言い返したからか、左京はぼんやりとしている。

「そうか。それならよかった」

左京が紫乃のほうに手を伸ばしてくるので、力強く抱きしめられた感覚がよみがえり、どきりとする。しかし彼は、紫乃の頬にかかっていた髪をそっとよけただけだった。

「それでは失礼する」

「は、はい」

左京はなんでもない顔をして部屋を出ていった。

陰陽師としての信念

左京の隣でとる朝餉は、もう日常となった。

彼のお茶がなくなったのに気づいた紫乃は、土瓶に手を伸ばした。左京も同じようにしたため、意図せず手と手がぶつかってしまう。

「あっ……すみません」

昨日の行為を過剰に意識してしまう紫乃は、顔をそむけたまま謝った。

「いや。自分でやる」

「はい」

「どうかされましたか？」

ぎこちなく感じたのだろうか。ふたりのやり取りを見ていた颯が口を挟んだ。

「な、なんでもありませんよ」

紫乃はそう答えたのに、颯はなぜかうれしそうに微笑んでいる。

「申し訳ありません。野暮な質問でした」

「野暮ってなあに？」

頬にご飯粒をつけた蘭丸がまったく悪気なく尋ねるも、颯は返答に困って苦笑している。

「空気を読めていないということよ」

「空気？」

颯の代わりに手鞠が答えたが、蘭丸はまだ首をひねっている。

「颯。お前は出かけるのだろう？　さっさと行きなさい」

左京が少し不機嫌に言うと、颯は肩をすぼめている。

「せ、せめてもうひと口……」

「知らん」

冷たく言い放った左京は黙々と飯を口に運び始めた。

左京の言葉に負けず、朝餉をしっかり平らげてから出かけていた颯が屋敷に戻ってきたのは、昼餉のあと。紫乃が手鞠や蘭丸と一緒に、使った器を片付けている最中だった。

「左京さま」

玄関の戸の開く音がしたと思ったら、左京を捜す声が響く。

「大きな声を出すな。ここだ」

左京のあきれ気味の声が彼の部屋からして、颯は慌てた様子で駆けていった。

「なにかあったのかしら？」

「颯さまは野暮だから」

〝野暮〟という言葉の響きが気に入ったらしい蘭丸がそう漏らすので、紫乃は噴き出す。

「使い方が間違ってるわ」

冷静に指摘する手鞠は、手拭いで濡れた手を拭いた。

「紫乃さま、気になるのでしたら行ってこられたらいかがですか？　蘭丸の面倒は私が」

大人顔負けの発言をする手鞠だけれど、最近は蘭丸同様、顔をほころばせたり白い歯を見せたりしてくれるようになった。

「でもね……」

そもそも紫乃には関係ないあやかしの話かもしれないし、呼ばれてもいないのに顔を出すのもはばかられる。

「紫乃さまのしたいようにすればいいと思います。左京さまは、紫乃さまの願いならどんなことでも聞いてくださるはず」

手鞠の言葉に覚えがある。正治との再会の約束をためらう彼女に、『手鞠ちゃんがしたいようにすればいいの。左京さまも私も、手鞠ちゃんの願いが叶えられるように、なんだってする』と紫乃が伝えたときと同じだ。

自分のせいで母が死んだと思い込み、わがままをすべて呑み込んでいた手鞠の頑なな心境が変化してきているのだと感じられて、紫乃はうれしかった。

「そうだね。そうする」

最近の颯は、ほとんど紫乃に関することで動いている。今日もおそらくそうだろう。また落ち込むような現実が横たわっている可能性もあるけれど、左京は『紫乃が作る明日を一緒に見たい』と言ってくれた。紫乃も左京とこの先の道を作っていきたい。そうであれば、まず現実をしっかり受け止めなくては。

「ふたりでちょっと遊んでて」

「はぁい！」

「かしこまりました」

ふたりの返事はまるで違うけれど、紫乃を見つめるきらきらした目は同じ。彼女たちのためにも、平穏な明日を切り開きたい。いつか手鞠が、兄と慕う正治と一緒に暮らせるようになるのを願って。

「よし」

左京のおかげで完全に立ち直った紫乃は、彼の部屋に足を進めた。

「紫乃です」

中からふたりが話をしている声が聞こえてきたが、声をかけた。すると静かに障子が開く。颯が開けてくれたと思ったら、左京だった。

「どうしたのだ」

左京の質問に、颯をちらりと見てから口を開く。

「もし私にもかかわることでしたら、お聞かせいただけませんか」

率直に問うと、颯は目を丸くした。

「わかった。入りなさい」

ふぅ、と小さなため息をつく左京に拒否されると思ったが、意外にもあっさり部屋に入れてくれる。

「しかし左京さま……」

颯は紫乃に聞かせるべきではないと思っているようで、慌てていた。

「紫乃は部外者ではない。大丈夫だ。私がいる」

左京の力強い言葉に、紫乃の口角が上がる。

「颯さん、心配してくださってありがとうございます。でも私、なにも知らないのは嫌なんです。これから歩く道は、自分で決めたい。たくさん弱音を吐きながら、少しずつ前に進もうと思います」

紫乃が颯にそう伝えると、左京はそれでいいと言わんばかりに、小さくうなずいた。

「それに、左京さまが一緒にいてくださるので、きっと転んでも大丈夫」

紫乃は左京のたくましい腕を思い出しながら言った。彼は必ず手を差し伸べてくれる。望めば、ずっと手を引いてくれる。

「そう……ですか。やまゆり畑が楽しかったようで」

颯が意味ありげな笑みを浮かべるので、左京の眉間に深いしわが寄る。照れくさい紫乃は、目を泳がせた。

「だから——」

「野暮でしたね。申し訳ありません。ですが、私もうれしいのです」

左京の言葉を遮る颯の声は心なしか弾んでいる。

「は？」

左京は怪訝《けげん》な表情で声を漏らし、一方颯は顔をほころばせた。

「それでは、お話しします」

表情を引き締めた颯が仕切り直したので、紫乃は左京の隣に出された座布団に正座した。

「ここしばらく、帝都の観察を旭とその仲間に依頼してありました。竹野内が本当は天狗退治に失敗したと知った政府が、彼に代わる陰陽師を探していたのです。しかし、現在陰陽師を名乗る者は少なく、いたとしても占筮《せんぜい》を生業としている程度で、あやかし退治など到底できません」

中村の父の話によると、陰陽師を名乗る一族は五家だけでなく数多くあったようだが、そのうちのいくつの家門が残っているのか、紫乃は知る由もない。

「もしそれができるとすれば、筆頭に上がるのが斎賀家」

颯は紫乃を見据えてはきはきと言う。

「はい。斎賀家の能力が高かったのは聞きました。陰陽師五家と言われる集団にいたと」

能力者が女性であることさえ嫌わなければ、真っ先に白羽の矢が立つ立場のはずだ。

「その通りです。しかし斎賀家は今や紫乃さまのみですし、ここにいらっしゃる以上、政府の息はかかりません。あとの四家もそれぞれ子孫が残っているようですが帝都にはおらず……しかしそのうちのひとつ、阿久津《あくつ》家に不穏な動きがあるようです」

「やはり阿久津か……」

顔をゆがめた左京が、深いため息をつく。有名な陰陽師のようだ。

「はい。左京さまに傷を作った――」

「えっ……」

紫乃は目を瞠った。

「もう随分前の話だから、私を殺めようとしたのは今の当主ではないが」

あやかしの一年は人間の十年に匹敵するとか。紫乃の高祖母である澪が生きていた時代なのだから、現在の当主は何代もあとなのだろう。

左京は着物の胸のあたりを強くつかんで続ける。

「しかし阿久津家だけは許さない。手鞠の母の無念もあるからな」

手鞠の事件は、まだ十数年前の話だ。今の当主の仕業に違いない。

「もしかして、斎賀の両親も……」

「おそらく、阿久津がやったのだろう」

「そんな……」

無念の表情で語る左京は、頭を抱えて打ちひしがれる紫乃の肩を抱く。

「……すみません」

みずから話を聞きたいと申し出たのに、このありさま。大きく息を吸い込んで気持ちを整えてから謝ると、左京は首を横に振る。

「構わん。常に強くなくていいと話しただろう？」

紫乃たちのやり取りを難しい面持ちで聞いている颯も、同意するようにうなずいた。

「はい。続けてください」

紫乃が心を落ち着かせてから言うと、左京が口を開いた。

「手鞠を拾ったあと阿久津家に乗り込んだが、もぬけの殻。やつらはあやかしを壊滅させたいと思いつつも、真正面から我々天狗のような高位のあやかしと対峙するのは危険だと察して逃げたのだ。私を殺めようとしたあの頃の陰陽師より、力が衰えているからな」

紫乃も、魅了の力の操り方をよく知らない。長い年月を経て活躍の機会が減ったことで、能力を保てなくなったのかもしれない。

「それで、阿久津家が動いたのか？」

左京は目を鋭く光らせて颯に問う。

「旭からの情報では、姿を隠すために地方を転々としていた阿久津家のほうから政府と接触したようだと。おそらく、帝都に舞い戻っています。ただ、政府にかくまわれているのでしょう。居場所は定かではありません」

「法印が気づけば、帝都は血の海となる」

左京のひと言に、背筋が凍った。

「そうでしょうね。法印はずっと阿久津家を捜していました。阿久津一族を皆殺しにしなければ、人間を支配できませんから」

「どうして法印はこれまで、人間に手出ししなかったのですか？　やろうと思えば、簡単に人間を支配できたのではありませんか？」

紫乃は純粋な疑問を颯にぶつけた。

法印がなぜ筑波山でおとなしくしていたのか、不思議だったのだ。

「法印はいずれ自分の地位を脅かすと感じた左京さまを亡き者にするために、まだ幼く力も弱かった左京さまを痛めつけて衰弱させたうえで、人間が住まう街へと放り出しました」

そのときの左京の恐怖を思うと、紫乃の顔はゆがむ。

「それを察した阿久津家が、天狗を殺める機会が来たと左京さまを捕らえ……あとはご存じのとおりです」

颯は険しい表情で語り、左京は眉をひそめた。

「勝手気ままで兄弟ですら殺めようとする法印から、ほかのあやかしたちは逃げたがっておりました」

颯は険しい表情で続ける。

「ただでさえ求心力を失いそうなのに、皆の期待を集めていた左京さまを自分が手にかけて批判を浴びるのは避けたかった。だから敵である阿久津家を利用しようとしたのです。左京さまを亡き者にしたあと阿久津家を法印がつぶせば、仲間の仇《かたき》を取ったと株が上がりますから」

「ひどい」

自己保身のために、左京の命を差し出したなんて信じられない。

紫乃は唇を嚙みしめた。

「しかし澪さまのおかげで左京さまは助かり、阿久津家は左京さまからの復讐《ふくしゅう》を恐れて行方をくらましました。法印も阿久津家の居所をつかめなかったのです。法印は左京さまの件で、阿久津家の残虐性に気づいています。法印が帝都の人間をどれだけ殺めようとも、阿久津家は高みの見物をするだけで助けはしないことにも」

「そんな……」

本来救うべき人間までも見殺しにするとは、どこまで地に落ちた陰陽師家なのか。激しい怒りが込み上げてくる。

「阿久津家の力が落ちているとはいえ、勝機がないわけではありません。法印はおちおち人間の街に出ていって罠《わな》にはまるより、阿久津一族を捜し出し、直接対決しようと考えていました。私は、五家の中でも有能で、法印が人間を支配する障壁となる阿久津家と斎賀家を捜し出すよう言い渡されていたのです」

まさか颯が、斎賀家まで捜していたとは露ほども知らず、紫乃は言葉が出てこない。

「安心しなさい。颯は捜す振りをしていただけだ。颯も斎賀家と同じ。無用な争いを望んではいなかったのだ」

左京の補足で、紫乃はようやく息がまともに吸えた。

「疑ってすみません……」

「いえ。……法印は戦うことに関しては長《た》けておりますが、そうした情報を集めるのは苦手です。私が法印のもとを去ったことで、その役割を果たせる侍従がいなくなり、阿久津家と接触する機会を失いました。ただ、ひとたび見つければ、すぐにでも動くでしょう」

長い間、法印がおとなしく筑波山にこもっていたのには、こんな訳があったとは。

「……阿久津家は、なにをするつもりなのでしょう。高位のあやかしと対峙するのは危険だと自覚しているのであれば、おいそれと天狗退治など請け負いませんよね」

左京を殺めようとした一族ならば、天狗に恨まれていることは承知の上に違いない。それなのに、易々《やすやす》と天狗の前に姿を現すような失態を犯すだろうか。

「真正面からぶつからなければよい」

左京が抑揚なく淡々と言う。一見冷静そうではあったが、目の奥には怒りの炎が見えた。

「阿久津家は何百年もの間、陰陽師として帝都に返り咲くことを虎視眈々と狙っていたのだ。またとない機会を逃すつもりはないだろう。どんな汚い手でも使うはず。だが、それがなんなのかまでは……」

左京は言葉を濁したあと、黙り込んだ。颯も同じで、重い空気が張り詰める。

「帝都にあやかしは残っているのですか？」

紫乃が尋ねると、颯が首を振る。

「今は人間に近いところにいた座敷童ですら、山に引き上げているはずです。手鞠の母の件がありましたし……」

「それならよかった」

あやかしがもし阿久津家に捕まれば、左京なら助けに行くに違いない。無用な争いが起きてしまう。

「……私になにができるでしょう」

紫乃はふたりの話を聞きながら、斎賀家の血を引く者としてなにができるのかを考えていた。魅了の力を使ってあやかしたちを集め、阿久津家に乗り込むことはできるだろう。しかし、左京たち高位のあやかしと対等に戦えるという阿久津一族に対抗できるかというと、まず無理なわけで……。

以前、指一本すら触れず竹野内に制裁を下した左京の強大な力を目の当たりにしている紫乃は、情けないことになにも思いつかなかった。

「なにもできないのだから、首を突っ込まなくていい」

左京が冷たい口調で言い捨てるので、紫乃の顔が引きつった。

「左京さま。いい加減その癖をお直しください」

颯はあきれ顔だ。

「紫乃さま、誤解ですよ。左京さまは紫乃さまに、危ないことをしてほしくないだけですから」

「あ……」

最近の左京は、随分心の内を話してくれるようになっていたけれど、まだ時々誤解するような物言いがある。

「……紫乃を山から下ろそうとは思っていないということだ。私がなんとかする。心配するな」

左京はばつの悪そうな顔で言い直す。

「はい。お願いします。ただ……私も左京さまと一緒に幸せな未来が見たいので、できることがあれば手伝わせてください」

紫乃は左京からもらった言葉を返した。すると左京の耳がほんのり赤らんだ。

「そ、そうだな。……お前はなにを見ている。もう出ていけ」

紫乃たちのやり取りを、にこにこと笑みを浮かべながら見ていた颯を、左京は追い出す。

「ご夫婦らしくなってきたなと感慨深かっただけですよ。そんなに照れなくても――」

「いいから出ていけ」

「はいはい。あとはおふたりで」

声を荒らげて颯を急《せ》かす左京の顔が上気していて、紫乃のほうが恥ずかしくなってしまった。

◇　◇　◇

阿久津家が帝都に舞い戻ったと聞いてから、左京は毎日落ち着かない。しかし表立った動きはなく、なにもできないでいる。

死を覚悟したあのとき、じわじわと血が抜けていきもがき苦しむ左京を見て、にやにやと笑っていた阿久津だけは、絶対に許せない。

手鞠の母だけに飽き足らず、蘭丸の家族も、ほかのあやかしたちも……数えきれないほど犠牲になっているのだ。しかも、人間に害を加えたわけでもないあやかしたちが。

「左京さま」

朝餉のあと自室で悶々《もんもん》としながら外を眺めていると、紫乃がやってきた。

「入りなさい」

「失礼します」

静かに開いた障子の向こうには、左京が市で買い求めた赤い玉のついたかんざしで髪をまとめた紫乃が、優しく微笑んでいた。

「お茶をお持ちしました」

「ああ、ありがとう」

紫乃は盆を手に近づいてきて、左京の隣に座る。

「どうぞ」

「紫乃も飲みなさい」

「はい、いただきます」

盆には紫乃の分のお茶ものっていたので促した。

「子供たちは？」

「裏庭で蝶々を追いかけて遊んでいます。颯さんが見てくださっていて……」

颯が紫乃に左京のところに行くように促したのだろう。

「颯に私の相手をするように言われたのだな」

「いえ。私が左京さまとお話ししたくて、颯さんに子供たちの世話をお願いしたのです」

意外な返事に、左京はかすかに眉を上げる。

「私と？」

「すみません。ご迷惑でしたよね」

紫乃の表情が曇るので焦る。

「そんなことはない。うれしい……いや、なんでもない」

思わず本音がこぼれて、口をつぐんだ。すると紫乃は安心したように表情を和ませてお茶を口に運ぶ。

「私……」

紫乃は、どこか憂いを含んだ目で窓の外の景色に視線を移す。

「お話しした通り、私は今の自分の心の不安定さに思い悩んでいます。斎賀の血を背負うのは重いのに、でもできることがあるならやらなければという使命感のようなものもあって……」

やまゆり畑で聞いた話を繰り返す紫乃だけれど、あのときとは違い表情が優しい。

「ですが、そうやって迷うのは私だけじゃないのかなって。左京さまも過去におつらい経験をして、おひとりでずっと過ごされて……。放っておいたって責められないのに、手鞠ちゃんのお母さまを助けに行かれたんですよね。しかも、自分を殺めようとした一族のところに。もちろん左京さまのお力は強大ですから、私とは違いますけど……」

紫乃はそこまで言うと、左京と目を合わせてにっこり微笑む。

「勝手に動いてしまいますよね、体が。私もそれでいいのかなと。ですから左京さま」

「ああ」

「左京さまにはご迷惑だとわかっています。でも、きっとひとりでは無駄に命を落とすだけ」

凜《りん》とした顔つきの紫乃が姿勢を正すので、緊張が走る。

「私は時子姉ちゃんや左京さまに生かしてもらったこの命を、簡単に捨てるわけにはいかないのです。どうか、私を助けてください。左京さまのお力が必要です」

「それはもちろんだ。私が守ると言ったではないか。……紫乃、なにがあった」

不穏な空気を察した左京は、紫乃の肩に手を置き、問いかける。

「……先ほど門の外のあやかしに、助けを求められました」

「助けとは？」

「畑を一緒に作っていたあやかしが、人間が甘藍《かんらん》という葉野菜を育てていて美味だという噂を聞いたとか。それで、昨日ふたりで帝都のはずれの村にその畑を見に行ったそうで」

紫乃の話を聞いた左京の腰が浮く。

「今の帝都は危険だ」

「はい。今朝になって傷だらけで戻ってきたひとりが、阿久津と名乗る陰陽師に襲われたと話しているようです。もうひとりは、おそらく捕まってしまったと」

「なんと……」

「斎賀の力で助けてほしいと言われました。でも、私にはどうしていいかわかりません。かといって、左京さまにお願いして、左京さまを危険にさらすのもつらくて……。だからお顔を見るまで、打ち明けるべきか迷いに迷いました」

紫乃は一瞬の間のあと、意を決したかのように表情を一層引き締める。

「ですが、黙って見捨てることなんてやっぱりできません。助けに行きたい。そうでなければ、生かされた意味がありません」

「紫乃……」

もちろん左京は、紫乃をあやかしと人間の緩衝材にするために生かしたわけではない。しかし、彼女の言いたいことはよく伝わってきた。紫乃は斎賀の血を引かなくても、きっと同じことを口にしたはずだ。彼女が言う通り、勝手に動いてしまうのだ、体が。

「怖いんです。私には左京さまのようなお力はありません。あっさり命を落とすかもしれない」

紫乃は大きな目に不安を宿すも、眉をきりりと上げた。

「でも、なにもしないで見殺しにするのはもっと怖い。私はそんな人間にはなりたくないのです。……あっ」

必死に訴える紫乃を、左京は衝動的に抱きしめた。

「お前の意志は、しかと受け止めた。ともに助けに行こう」

「左京さま……」

「しかし、死の覚悟などするな。私はお前を守ると言ったはずだ。必ず捕まったあやかしを救い、紫乃も生かす。そして私も、阿久津家への怨念を昇華させる」

もう過去の出来事のせいで、心を縛られたまま生きていくのはごめんだ。闇夜を照らすひと筋の月光のように、紫乃は左京の進むべき未来も照らしてくれた。怒りや恨みというものから解放されて、幸福を感じながら生きていきたいのだ。

彼女は自分が頼まれたことに左京を巻き込むと思い込んでいるようだけれど、そもそも捕まったのはあやかし。もちろん助けを求めた者は、斎賀の血を引いているのであればなんとかしてくれるという一縷の望みを抱いていたのだろうが、解決すべきはあやかしである左京のほう。

「紫乃」

左京は手の力を緩めて紫乃を解放したあと、頬を両手で包み込み視線を絡ませる。

彼女の瞳に映る自分の碧い目が、初めて美しいと思えた。

「紫乃は惰性で生きていただけの私に、希望をくれた。今度は私が紫乃に希望を灯《とも》す」

「左京さま……」

彼女の薄い桜色の唇が自分の名の形を作るだけで、胸が高鳴るのはどうしてだろう。

「……それと、私は私の役割を果たす」

「役割？」

「そうだ。白い羽と髪のせいで笑いものにされ、筑波山から追放されたあと、ほかのあやかしたちがどうなろうが構わないと思っていた。しかし、紫乃の言った通りだ。どこかで捕まったと聞けば、助けに行かなければと勝手に体が動く。それが私に与えられた使命なのだろう」

どこかで意地を張っていたのかもしれないと左京は思った。頂点に立っている法印が、あやかしたちの問題を解決すればいいと。

しかし、自分のことにしか興味がない法印は、迷うことなくほかのあやかしを見殺しにする。左京はそれを見て見ぬ振りができないのだと、認めざるを得なくなった。

「そもそも天狗は、気高きあやかしなのだ。私はそれを忘れていた。もう法印に遠慮などせぬ。つまらぬ意地も張らぬ。私は私がしたいように、ほかのあやかしたちの命を守る」

天狗は残虐非道と言われるが、その昔は頂点に立ちあやかしたちを率いる存在だったと聞く。威厳があり求心力も持ち合わせていたとか。しかし長い年月を経て、自分たちに従わせるために間違った方向に力を使い、支配してきた。法印がしているのは、統率ではなく、ただの支配だ。もうそんな理不尽な時間は終わらせる。そのために、まずは陰陽師、阿久津家から仲間を守る。

「はい」

紫乃が優しい笑みを見せながらうなずいたとき、彼女から決して笑顔を奪うまいと心に誓った。

それから左京はすぐに動いた。

颯を呼び、旭とともに法印の動向を監視するように伝える。

「お前たちの任務は、あくまで監視。法印を倒すことではない。しかし万が一、法印が阿久津家の動きに気づいたら、私が行くまで時間稼ぎをしろ。旭とともに法印の周辺を動き回り攪乱《かくらん》するのだ」

「御意」

左京の前に跪く颯は、つい先ほどまで子供たちと笑い声をあげていた者とはまるで別人のように、口元を引き締める。この行動が、今までにない緊張を伴うものだと気づいているのだ。

颯が去ったあと手鞠と蘭丸も呼び、陰陽師のところにあやかしを助けに行くと、ありのままを伝えた。ふたりはまだ幼いが、惨憺《さんたん》たる過去を乗り越えてきている。隠し立てしては余計に気をもむのではないかと思ったからだ。

「手鞠、蘭丸。私たちはしばし屋敷を留守にするが……」

「ご安心ください。蘭丸の面倒は私が」

手鞠は背筋を伸ばして正座し、はきはきと答える。不安だろうに動じた姿を見せないのは、未熟な自分がいまだ許せないからだろうか。

隣の蘭丸は口を真一文字に結んでいたが、ふと顔を上げて口を開く。

「手鞠は僕が守ります」

「蘭丸……」

手鞠は蘭丸の意外な言葉に驚き、目を見開いている。

「左京さまは、紫乃さまを守ってくれますよね。だから手鞠は僕が」

「もちろん、紫乃は守る。蘭丸、頼むぞ」

「はい！」

これほど頼もしい彼を見たのは初めてだった。

そこに、中村の父から預かった護符を取りに行っていた紫乃が戻ってきた。彼女はふたりの前に膝をつき、ひとりずつ目を合わせてから口を開く。

「左京さまから聞いたかしら。これから、あやかしの仲間を助けに行ってくるね」

ずっと表情を崩さなかった手鞠が、一瞬顔をゆがめた。

「でも、大丈夫。左京さまが守ってくださるの。左京さまが誰よりも強くてお優しいことは、ふたりも知っているでしょう？」

「うん」

いつもの『はい』という返事ではなく『うん』と砕けた言い方をしてうなずく手鞠の目に、涙が光る。やはり強がっているだけで、不安なのだ。それに気づいた紫乃は、ふたりを強く抱きしめる。

「私ね、このお屋敷が大好きなの。手鞠ちゃんと蘭丸くんと左京さまと颯さんと、一緒に笑っていられるのが、とっても。だから絶対に戻ってくると約束する」

「ほんと？　ほんとに戻ってくる？」

手鞠が子供らしい聞き方で紫乃に尋ねる。

「私、嘘をついたことはないでしょう？」

「手鞠、僕がいるよ。一緒に待ってるよ」

驚くことに、いつもはどこか抜けている蘭丸のほうがしっかりしており、手鞠を励ましている。

「うん。手鞠、蘭丸と一緒に待ってる」

「ふたりともありがとう」

紫乃が笑顔でそう伝えると、手鞠と蘭丸はもう一度彼女の胸に飛び込んだ。

◇◇◇

目に涙をためた手鞠と蘭丸との別れに、紫乃の胸は張り裂けそうに痛んだ。大切な存在を亡くしているふたりは、もう誰にもいなくってほしくないのだろう。

実の両親と姉の時子を失い、その気持ちが痛いほどわかる紫乃は、ありったけの愛を込めてふたりを抱きしめた。

左京と向かう先が安全だとはとても言えない。けれど、必ずここに帰ってくる。ふたりとまた一緒にやまゆりを見に行くのだと強い気持ちになれた。

子供たちに見送られ門を出たあと、紫乃はすーっと息を吸い込んでから口を開いた。

「あやかしの皆よ。私の話を聞いて」

今日も紫乃の近くにいたいというあやかしが、高尾の山を彷徨《さまよ》っている。

「斎賀さまだ」

「お呼びだ」

「出番だ、出番だ」

次第に声が近くなり、五十ほどのあやかしたちが姿を現した。

「集まってくれてありがとう。お願いがあります。猫又が陰陽師に捕まってしまいました」

「聞いた、聞いた」

「怖いよ」

あやかしたちは、皆不安を漏らす。

「私と左京さまは、猫又を助けに帝都に向かいます。皆の手を借りたい」

「斎賀さまのご命令だ」

「やるぞ、やるぞ」

筑波山に向かうよう命を下したときと同じ。彼らは恐怖を抱いているはずなのに、即座に承諾する。これが魅了の力がなせる業なのだろう。

紫乃は改めて力を行使する責任を思い知る。

紫乃が話しているうちに続々とあやかしたちが集まり始め、あっという間に百、いやそれ以上となった。

「陰陽師は私と左京さまで対処します。だからあなたたちには、猫又の救出を任せたい」

「承知！」

「任せてください」

頼もしい言葉に、紫乃はうなずく。

「約束して。決して陰陽師と向き合わないこと。危ないと思ったら、逃げること。私はあなたたちを誰ひとりとして傷つけたくない」

「します、します」

「約束します」

「ありがとう。私と左京さまは、あなた方を守ると約束します」

紫乃が宣言すると、同意するように左京が腰を抱いた。

あやかしの中から、捕まった猫又のにおいを感じ取れる同じ猫又の仲間に案内役を頼み、高尾山を出た。

途中、捕らえられた猫又たちが見に行ったという広大な甘藍畑を通り、帝都のはずれに到着した頃には、町が落陽に赤く染まっていた。

紫乃と左京は案内役以外のあやかしたちを山の麓に待機させ、猫又の行方を追う。

「阿久津家に乗り込むのは、日が完全に落ちてからにしよう。あやかしは夜目が利く者も多い。今宵は星月夜となる。闇夜はこちら側に有利に働くだろう」

左京は空を見上げて語る。

月の出ない今晩こそ、阿久津家と向き合う最大の好機となるようだ。

緊張が高まるが、月明かりがなくとも輝いている左京の碧眼に見つめられると、きっと大丈夫と思えるから不思議だ。それだけ左京に信頼を寄せている証だろう。

「斎賀さま」

猫又はふたつに分かれた尻尾をうねうねと動かしながら紫乃に話しかけてきた。

「わかった？」

「あの屋敷の前でにおいが途切れています」

猫又が見つめる屋敷は高台にあり、広大な敷地をぐるりと高い塀が取り囲んでいる。

塀の向こうには立派な平屋と蔵が見えた。

否が応でも竹野内の屋敷を思い出してしまい、顔がゆがむ。

玄関にはたいまつを持った屈強な男がふたり、難しい顔をして立っている。物陰からそれを確認した左京は、「ここで間違いない」とつぶやいた。

「どうしておわかりに？」

「あのふたりは、式神だ。本当の人間ではない」

「式神……」

式神といえば、陰陽師が使役する鬼神《きじん》だと聞いた。使い魔として雑用をさせることもあれば、呪殺に使うこともあるという。

「周囲の警戒に当たらせているのだろう。式神がいるということは、ここに阿久津がいる」

「斎賀さま」

「どうしたの？」

この屋敷を見つけ出したあとも、鼻をひくつかせてにおいをたどっていた猫又が、話しかけてきた。

「我が仲間は、あの蔵の中かと。蔵からほかのにおいはしません。本邸のほうからは人間のにおいがします。二十、いや三十はいるかと」

「そんなに？」

竹野内ですら、野田をはじめとした侍従が多数いた。陰陽師五家とまで言われた有力な家門である阿久津家であれば、それなりの数がいて当然か。

「侍従が何人いようと問題ない。能力者は阿久津家当主のみ。あとの者は、連れてきたあやかしたちですら対処できる」

左京にそう言われ、紫乃は竹野内の屋敷での出来事を思い出した。あのときも竹野内は左京と颯が手を下したが、侍従の野田たちはあやかしたちを前になすすべもなく、ただ逃げるだけ。阿久津家は、竹野内家とは違い由緒正しき家柄のようなので、そこまで簡単にはいかないだろうが、たしかに当主さえなんとかすればいい。

「左京さま」

同じ陰陽師であるならば、自分が率先して動かなければと腹を決めた紫乃は、左京をまっすぐに見つめて口を開いた。

「どうした」

「私は玄関から堂々と参ります。その間に、あやかしたちに蔵に回るように指示してください」

「しかし……」

自分が先陣を切るつもりだったのだろう。左京は紫乃の提案に目を見開いている。

「斎賀家の末裔として、阿久津家当主に会いに行きます」

「危険だ」

左京は首を横に振り、反対の意を示す。

「彼らが猫又を捕らえたのは、猫又を盾に高位のあやかし……天狗を殺めるつもりなのですよね」

阿久津家当主は、高位のあやかしである天狗が仲間を助けに来ると思っているに違いない。肝心の法印は、どれだけ待っても来ないだろうが。

「そうであれば、天狗と対峙する準備は念入りに施してあるはず」

左京も颯も、阿久津家は真正面からぶつかっては天狗に勝てないとわかっているだろうと話していた。

「蔵の猫又の救出は、ほかのあやかしたちに任せるとして、私は注目を集めて左京さまが攻撃できる隙を作ります」

「だめだ。許可できない」

左京は頑なに反対する。

「左京さま。これは斎賀家からの命令です。従っていただきます」

紫乃が毅然と伝えると、左京は唇を噛みしめる。

阿久津家は紫乃の命も狙っているのだ。そこにみずから乗り込んでいくのがどれだけ無謀かわかっている。

本当は恐ろしくて、逃げ出してしまいたい。けれど、ここで踏ん張らなければ、阿久津家は何度でもあやかしに手を出し続けるだろう。――天狗を死に追いやるまでは。

「こんなことができるのは、左京さまを……夫を信じているからです。必ず好機をものにしてください。私はここに死にに来たのではありません。左京さまと、笑って明日を過ごしたいから……」

「紫乃……」

「斎賀の命令を拒否するのでしたら、妻の願いを聞いてください」

紫乃が微笑みながら言うと、険しい表情の左京は、大きく息を吐きだしたあとようやくうなずいた。

「このようなわがままは二度と聞かぬぞ」

「承知しました」

左京は紫乃の手を握って口を開く。

「必ず守る。私を信じろ」

「もちろん、信じております」

「まったく。我が妻は、とんだじゃじゃ馬だ」

あきれたように言う左京だが、その目は獲物を狙う鷹《たか》のように鋭い。

「ご存じではありませんか」

畑で一心不乱に土を耕し、顔を泥で真っ黒にした姿を、彼は何度も見ている。けれど止められたことは一度もなく、威厳ある天狗の嫁としての品格を保てていないのに、笑って許してくれる。

「そうだったな。そんなところが愛《いと》おしい」

愛おしい？

紫乃は一瞬どきりとしたが、おそらく左京は〝愛らしい〟と言いたいのだろう。それでも、光栄だ。

陰々寂寞《いんいんせきばく》として緊張が高まるその場所には、不穏な空気を感じさせる強い北風が吹き始めた。ひとつに結った左京の銀髪がなびき、空に舞う。

左京の美しいこの髪と羽、そしていつも見守ってくれる碧い目を、この先もずっと見ていたい。

「それでは、参ります」

紫乃は腹を括り門へと向かった。それと同時に左京は猫又とともにあやかしたちを引き連れに向かう。

紫乃が姿を現すと、門番の式神が途端に眼光を鋭くした。

「誰だ」

「斎賀紫乃と申します。阿久津さまにお目通り願いたい」

「斎賀……」

右に立つ眉の太い男が、ハッとした顔をする。

しかし返事がなく、紫乃はさらに近づいていった。

怖い。足が震えているのが自分でもわかる。けれど、進まなければ未来はないと気合を入れる。

「待て。近づく許可は与えておらん」

左側の恰幅のいい男が紫乃の肩を押し返そうとした。

「私に触れることは許しません。当主に斎賀が来たと話してきなさい」

紫乃は泰然たるさまで声を振り絞り、男たちに命じた。

「やめろ。陰陽師五家の斎賀さまだ」

眉の太い男は紫乃が何者なのか気づいているらしく、左の男を制する。

「五家……」

ようやくわかった左の男は、脇戸から屋敷の中に駆けていった。しかし呼びに行くまでもなく直後に門が開き、黒い烏帽子《えぼし》に紫紺色の狩衣《かりぎぬ》姿の男が侍従を四人従えて姿を現し、パチンと手を鳴らす。すると、門番ふたりが形代に戻った。

陰陽師家の血を引いてはいても、その力についてよく知らない紫乃は、式神を使役する様を初めて目の当たりにしたため衝撃を受けたが、表情は変えない。弱みを見せるわけにはいかないのだ。

「これはこれは、斎賀さま。お初にお目にかかります。阿久津でございます」

細面の彼は、色白の肌にすらりと高い鼻、長いまつ毛に隠れた切れ長の目。見目麗しいという言葉がぴったりだ。

彼が丁寧に腰を折ると、侍従たちも従う。見事に統率が取れた様子に、紫乃は妙な焦りを感じた。

けれど、自分には左京もあやかしたちもいる。そう思い直して、紫乃も挨拶を始める。

「突然申し訳ございません。斎賀紫乃と申します。当主直々にお出迎えくださり、恐縮です。本日は少しお話がございまして……」

紫乃は動揺も緊張も見せぬよう、平然とした顔を作って言った。

「まさか斎賀さまとお話しできようとは。大変光栄でございます。どうぞこちらに」

阿久津は笑みを浮かべていたが、侮蔑の眼差《まなざ》しで紫乃を貫いた。

斎賀家は能力者が女性だという理由で、陰陽師五家と呼ばれながらも地位は低かったという。おそらく紫乃が対等に口を利くのが癪《しゃく》なのではないだろうか。

それに、猫又を捕らえて天狗を殺めようと画策している今、人間とあやかしの仲を取り持つ斎賀家が現れた意味に気づいているだろう彼は、さっさと邪魔な紫乃を亡き者にしてしまいたいはずだ。

一瞬でも気を抜いては、命が危うい。

そう感じた紫乃は、いっそう気を引き締めて屋敷の中へと足を進めた。

阿久津について長い廊下を歩く。紫乃のうしろには侍従がふたりついてきており、捕らえられた人質のような気分だった。

立派な庭には水鉢があり、湿気を含んだ生ぬるい風が吹くここの一服の清涼剤となっている。

けれど暮色蒼然《ぼしょくそうぜん》とした空が、ひりひりとした緊張を煽ってきた。

水鉢の向こうに見えるのは、猫又がいると思われる大きな蔵だ。観音扉は閉まっており、時子たちとともに押し込められていた薄暗い蔵の中を思い出してしまった紫乃は、胃のむかつきを覚えた。

廊下の先には侍女がふたり待ち構えており、阿久津の到着とともに黙って障子を開ける。彼女たちも式神かもしれないが、紫乃にはわからなかった。

畳が二十枚ほど敷かれた広い部屋の奥へと進み、どさっとあぐらをかいた阿久津は、紫乃の背後の侍従になにやら目配せしている。その瞬間障子がぴしゃりと閉まり、空気が張り詰めた。

「斎賀さまは、こちらへ」

阿久津から少し離れた場所に置かれた座布団に侍従が促す。阿久津との距離に〝身分の差をわきまえよ〟という警告が秘められている気がした。けれども、ひるむわけにはいかない。

「して、このような時間に話とは？」

阿久津の薄笑いが実に不快だ。しかしもちろん、そんなことはおくびにも出さず、笑顔を作って話し始める。

「名高い陰陽師でいらっしゃる阿久津さまが帝都におられると小耳に挟みまして、ぜひお会いしたいと」

「ほお、誰にお聞きになったのか……」

やはりここに阿久津がいることは、秘密裏にされているようだ。

「風の噂にございます」

「あやかしにでも聞きましたか」

阿久津がぐいっと核心をついてくるので、紫乃は曖昧に笑ってごまかした。

「まあ、よい。行方知れずだった斎賀の末裔さまがこうしてみずから足を運んでくださったのだ。歓迎しなければ」

「私が行方知れずだったというのは、誰にお聞きになったのですか？」

紫乃も負けじと返すと、阿久津の目に怒りが宿った。しかしそれも一瞬で、彼は余裕の笑みを浮かべる。

「風の噂にございます」

「左様でございましたか」

ぎこちない会話の応酬は、ただならぬ空気を誘った。

紫乃は大きく息を吸い込み、気持ちを整えてから再び口を開く。

「私がここに参りましたのは、阿久津さまに無用な殺戮《さつりく》をやめていただきたいからでございます。人間とあやかし、互いの領域に踏み込まぬよう生きていけば、誰も死なずに済むのではありませんか？」

紫乃が毅然と言い放つと、阿久津は、あっははは！　と、さもおかしそうに高笑いを始めた。

「これが、かの有名な斎賀の戯言《ざれごと》でございますか。ああ、おかしくて涙が出る」

阿久津はこれ見よがしに目尻を拭ってみせた。しかしその目は、少しも笑ってはいない。

「斎賀さまはご存じないのですか？　天狗がどれだけの人間を手にかけたのか」

「知っております。黒天狗も阿久津さまと同様、改めなければならないところがございます」

「阿久津さまに向かって無礼だ！」

紫乃が強い言葉で阿久津を非難すると、背後の侍従が刀を抜き、紫乃の前に立った。鈍く光る刃に、背筋に冷たい汗が伝う。けれど、紫乃は顔を上げて侍従をにらむ。

「あなたこそ無礼だ。誰に刃を向けている」

農村で育った、ただのお転婆娘にこんな偉そうな物言いができるとは、紫乃自身が一番驚いている。しかし腹の底から力がみなぎってくる。これこそが斎賀の血を持つ証なのかもしれない。

「下がれ」

侍従を制したのは、阿久津だった。

「骨のある方のようだ。そうでなくては張り合いがない」

「お褒めにあずかり光栄です。さすれば、私の願いを聞き届けてくださいますでしょうか」

紫乃がもう一度意思を伝えると、阿久津は眉尻を上げ、あからさまに不機嫌を表した。

「断る」

「なぜですか？　天狗も私が必ずたしなめます」

紫乃がそう伝えると、阿久津はばかにしたように鼻で笑った。

「この世は人間のものだ。あやかしには全滅してもらう」

「この世は誰のものでもありません。互いに領域を侵さず共存すればいい」

「……邪魔なのだよ」

炯々《けいけい》と目を光らせた阿久津がぼそりとこぼす。

「この世は私のものだ。あやかしに手懐けられた斎賀は黙っていろ！」

阿久津が目配せすると、侍従ふたりが背後から紫乃の喉元に刀を向けた。

「永遠に逃げ回っていればよかったものを。お前とて権力が欲しいのだろう？　天狗をたしなめたと政府に主張し、恩恵を賜りたいのだろう？」

「違う」

そのようなことを考えたことは一度もない。ただただ平穏な日常を願うだけ。

「斎賀は長きに渡りうだつが上がらない一族だからなあ。それも仕方あるまい」

阿久津はそこまで言うと立ち上がり、紫乃のところまで来て、持っていた扇子で顎を持ち上げる。

「気の強い娘よ。なかなか気に入ったぞ。しかし残念だ。天下を取る陰陽師は阿久津家だけでよい。みずから死にに来るとは、阿呆《あほう》としか言いようがないな。さあ、どういう最期がお望みだ？　まずはその生意気な目でもつぶしてやろうか。私は簡単には死なせてやらぬぞ」

不敵に笑う阿久津に、怒りが止まらなくなる。

やはり阿久津家は残忍でどうしようもない陰陽師だ。じわじわと死の淵に追い詰め、もだえ苦しむ者を見て笑っているのだ。

「あなたは陰陽師の恥だ」

紫乃がきっぱり言うと、阿久津は紫乃の頰を扇子で打った。

「減らず口が。声が出ぬよう喉を搔き切れ。ああ、一気に殺してはならんぞ」

阿久津の目は興奮のせいで血走り、口元はだらしなく緩む。

阿久津がその口を扇子で隠した瞬間、ドォンという大きな音とともに天井に穴が開き、白い羽根が紫乃の前に落ちてきた。

「左京さま……」

次の瞬間、紫乃に刀を突きつけていたふたりが吹っ飛び、部屋の隅で卒倒した。

「我が妻に手を出して、ただで済むとは思っていまいな」

紫乃の前に立ちふさがった左京の炯眼《けいがん》には、強い怒りがこもっている。

「お、お前はもしや……」

「白天狗を知っているとは、さすが阿久津家の末裔。私はお前の先祖にここをえぐられた天狗だ」

左京は自分の胸をトンと叩きながら声を荒らげる。

「斎賀が妻だと？　狂気の沙汰としか言いようがないな」

阿久津が落ち着きを取り戻したのは、刀を持って駆けつけた侍従たちが、紫乃と左京を取り囲んだからだろう。

「まさか、天狗までお出ましになるとはなぁ。手間が省けて助かる。おい、あの猫を連れてこい」

阿久津が指示を出す。

紫乃が左京に視線を送ると、かすかにうなずいた。すでに猫又のところにはあやかしたちが向かったに違いない。

「あ、阿久津さま……。あ、あやかしが……」

縁側から蔵に向かったはずの侍従が、真っ青な顔をしてすぐに戻ってくる。

「なにっ？」

「あやかしたちよ、ありがとう」

眉をひそめる阿久津を前に、紫乃は声を張り上げた。

「お安い御用で」

「斎賀さまのご命令、ありがたい、ありがたい」

「猫又は無事だぞ」

外からあやかしたちの返事がきたので、紫乃は安堵した。

「お前の仕業か？」

「それはこちらの台詞《せりふ》です。なんの罪もない猫又を盾にしようとしたのはあなたです」

紫乃が言いきると、背後で侍従たちが身構えたのがわかった。

「斎賀さまが危ない」

「守るぞ、守るぞ」

そんな声がした直後、数えきれないほどのあやかしたちが部屋に飛び込んでくる。

そして、驚愕する侍従たちの周りをぐるぐる回り始めた。

「な、なんだ!?」

「に、逃げろ」

ある者は腰を抜かしてガタガタと震えだし、またある者は一目散に逃げていく。

「腰抜けが。陰陽師の侍従があやかしを恐れるな」

「うわあああ」

阿久津のげきが飛び、一部の者が刀を持ち直して振り回し始めた。

「全員退避せよ」

左京が声をあげると、あやかしたちは一斉に外へと出ていき、左京が羽を大きく動かした。すると白い羽根が四方八方に飛んでいき、侍従たちに突き刺さる。

「死にたいやつは残れ。いくらでも相手をしてやる」

「勘弁してくれ」

「し、死にたくない」

あちこちに羽根が突き刺さり悶え苦しむ男たちに、左京が怒気を含んだ声で言い放つと、彼らは這いつくばりながら逃げていく。

竹野内のときと同じだ。阿久津への忠誠など、見かけ倒し。所詮は阿久津の庇護《ひご》のもとで悠々と暮らしたいだけの腰巾着だったのだろう。

自分を守るはずの者たちが呆気《あっけ》なく去る様子を見た阿久津は、とっさに着物の袂から和紙で作られた人間をかたどった五枚の形代を取り出して、ふーっと息を吹きかける。途端に、先ほど門にいたような屈強な男たちが五人、姿を現した。

「こやつらにはそもそも命がない。術が解けぬ限りは倒せぬぞ」

阿久津の言葉に、紫乃は顔を引きつらせた。紫乃は陰陽師であっても、呪術についてなどまるで知らないからだ。

「白天狗の弱点は、胸の傷だ。そこをえぐってやれ」

にやにやと嫌らしい笑みを浮かべる阿久津は、式神に命を下す。

紫乃を背に隠した左京が男たちに向かって羽根を飛ばしたが、彼らは全身にそれを浴びても血すら流さず痛がる素振りもなく、左京に向かってくる。

左京は紫乃を遠ざけたあと、男たちの刀をかわして高く舞い、頭上から拳を叩き込んでいくが、何度でも立ち上がってくる。

「くそっ」

「臨、兵、闘、者……」

苦戦する左京が水の玉を作るのと同時に、阿久津が呪文を唱えながら手を動かし始める。それが中村の父がしていた呪術をかけるときの動作だと気づき、紫乃は焦った。

左京はようやく生きたいと叫べるようになったのだ。同じ苦しみを味わわせるわけにはいかない。

紫乃はとっさに懐に忍ばせておいた護符を取り出した。

――死なせない。絶対に！

心の中でそう叫びながら、左京から贈られたかんざしを髪から抜いて護符を結ぶ。

「左京さまを守って！」

そしてそれを、渾身の力を込めて阿久津に向かって投げつけた。

かんざしが紫乃の手から離れた瞬間、太陽が爆ぜたかのような強い光が護符から放たれる。そのまぶしさは視力を奪うかのごとく強烈で、阿久津は思わず目を手で覆い片膝をついた。

「なにしやがる！」

呪文を止めざるを得なくなった阿久津は愕然《がくぜん》としていたが、すぐに紫乃に怒りの視線を向けた。

「斎賀！　邪魔なんだよ！」

「紫乃、あとは私が。逃げなさい」

憤る阿久津を前に左京がそう言うのは、一枚しかない護符を使ってしまったからだろう。

「いえ。私も陰陽師の端くれ。斎賀一族の末裔として逃げるわけにはまいりません」

本当は握る拳が震えるほどの恐怖に襲われ、息もまともに吸えない。けれど、左京が自分を守ろうとしているのだ。彼を置いて逃げられるわけがなかった。

「紫乃！」

左京は紫乃に近づこうと試みるも、男たちに阻まれうまくいかない。

「斎賀の力を見せていただこうか。生まれてすぐに母を失い、術の使い方など伝承していないお前になにができる」

勝利を確信したのか、阿久津はニタニタと笑う。

「やはりあなたが斎賀の両親を死に追いやったのね」

そうでなければ、生後すぐに母と別れたことなど知らないはずだ。

「それがどうした。天狗など、さっさと殺めておけばよかったものを。斎賀のせいで、我が阿久津家が天下を取る日がこれほど遅くなってしまったではないか」

「天下なんて取らせない」

紫乃は怒りのあまり啖呵《たんか》を切ったが、どうしたら阿久津を倒せるかなんてまったくわからなかった。

「臨、兵……」

阿久津は、今度は紫乃に向けて再び印を結び始める。

「紫乃、逃げろ！」

攻撃しても何度でも這い上がってくる男たちを相手にしながら、左京が叫ぶ。

必ず切り抜ける。左京と一緒に、未来を作るのだ。

「紫乃、だめだ。逃げるんだ！」

もう一度紫乃を促す左京の声が耳に届いたそのとき、中村の父の言葉を思い出した。

「呪詛返し……」

斎賀一族は、決して他者を傷つける呪術を使わなかった。しかし悪意をもって攻撃されたときは、その術を返す呪詛返しで対抗したと。しかも斎賀の血を引く者は、阿久津のように印を結ばずとも、術を発動できるとも話していた。

紫乃はかっと目を見開き、阿久津をにらみながら心の中で念じる。

(あの呪詛を跳ね返しなさい。左京さまと私を守りなさい)

「……列、在、前」

「紫乃！」

叫ぶ左京が男たちを振り切り、紫乃をかばうように阿久津との間に入り抱きかかえる。

「一緒に逝け」

その瞬間、阿久津がにやりと笑い術を発動した。しかし……。

「な、なんだこれは……」

阿久津の体中に傷ができ、血潮がほとばしる。

その姿を見た左京は、驚いて目を見開いた。

「あなたがかけた術よ。苦しみなさい」

紫乃が言うと、阿久津は喉を掻きむしり始める。その場に倒れた彼は、苦悶《くもん》の表情を浮かべてみっともなくのたうち回った。

「じゅ、呪詛返しを使っ……。た、助けてく……」

「お前はそうやって、多くの魂をいたぶってきたのだ。己の浅はかさを後悔しながら逝け」

紫乃の肩を力強く抱く左京がそう言ったとき、阿久津の口から鮮血が噴き出した。

時子の最期を連想させるその光景は紫乃にはあまりにもつらく、視線をそらしてうつむくと、それを察した左京が広い胸に抱き寄せてくれる。

「うぅぅ……。許さん、許さ……」

阿久津の息はそこで途切れた。紫乃たち目がけてとびかかろうとしていた式神たちも、あっという間に形代に戻る。

「終わっ……た」

緊張の糸が切れた紫乃は、その場にへなへなと座り込んでしまう。すると左京が支えてくれた。

「紫乃……なぜ逃げなかった」

難しい顔をした左京は、紫乃をじっと見つめる。

「旦那さまを残して逃げられるわけがございません」

「ばかだな。お前を失ったら、私はどうやって生きていけばいいんだ」

切なげな声を吐き出す左京は、紫乃を強く抱きしめる。

「よかった。……紫乃が無事で、本当によかった」

阿久津に呪詛をかけられそうになったあのとき、左京はなりふり構わずかばってくれた。あの術の恐ろしさを身をもって知っているはずの彼が、身命を賭して守ろうとしてくれたのだ。

「私だって……左京さまを失ったら生きていけません」

紫乃が左京にしがみつくと、背中に回した手に力がこもった。

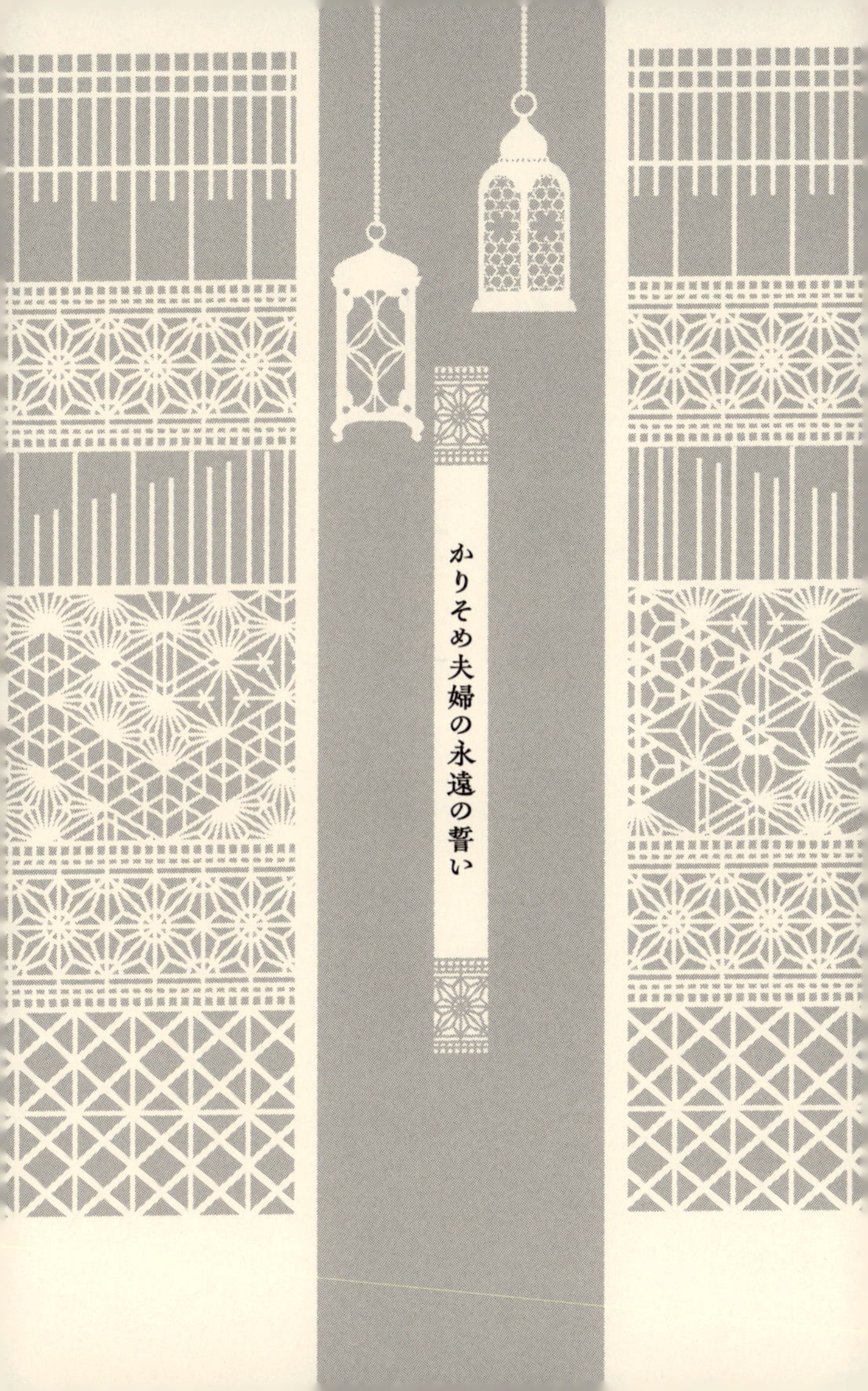

かりそめ夫婦の永遠の誓い

「斎賀さま、こんなに採れました」

畑仕事をしていたあやかしたちが、自慢げな顔をして紫乃のところに持ってくるのは、立派ななすだ。

彼らの間には、まだ小さないざこざはあるけれど、力を合わせて畑を作る楽しさを覚えてからは、以前のような自分よがりのけんかは減ったと聞いている。

「艶々。おいしそうね」

「紫乃はそのままかじりそうだな」

左京は紫乃の頬についた泥をそっと拭いながら笑う。

「さすがにかじりませんよ。お味噌汁にしましょう」

左京を見上げて言うと、彼は目を細めてうなずいた。

毒を盛られてから、味噌汁の香りを嗅ぐだけで吐き気を催すようになってしまった。けれど、手鞠や蘭丸が好物なのに我慢していると知り、ずっと申し訳ないと思っていた。なんとか食べられないかと努力してみたが、味噌を取り出すだけで倒れそうになるありさま。そんな紫乃を見た左京が、『食べなくても死にはしない』と味噌を取り上げた。

しかし、自分の命を狙っていた阿久津と対峙してから、また食べられるようになったのだ。

おそらく……猫又を助け、あやかしたちの命を脅かす阿久津一族を排除できたことで、斎賀家の末裔としてひと仕事できたと、心が穏やかになったおかげだろう。

いまだ呪術の使い方を理解したとは言い難いけれど、あやかしの命を守るという役割は一応果たせた。もちろん、それができたのは左京のおかげでもある。

猫又を助けたことで斎賀家への思慕が一層募り、一時は左京の屋敷周辺が紫乃に会いたいあやかしだらけになって困った。高尾山だけでなく、噂を聞きつけた周辺の山々からも集まり、祝言のときのような大騒ぎになったのだ。

数日は何度も挨拶に出ていったが、さすがに落ち着いて日常生活が送れなくなってしまった。すると左京が「皆の気持ちはありがたいが、紫乃の負担になっている。妻と穏やかに過ごさせてくれ」と伝えてくれて、以前のような平穏を取り戻している。

「ご夫婦仲良し」

「えっ？」

なすを片手に紫乃と左京を見ているあやかしたちは、にこにこと笑みを絶やさない。

紫乃は照れくささに頬を赤らめながらも、一抹の寂しさを覚えていた。

紫乃を守るためのいつわりの夫婦だったのに、いつしか左京は隣にいるのがあたり前になった。不器用で言葉足らずながらも包み込んでくれる彼に、紫乃はいつの間にか恋をした。

このまま一緒にいられたら……という気持ちが日に日に膨らみ、左京に少し触れられるだけで、胸が高鳴るのを感じている。

けれど、紫乃の命を狙う阿久津家はもういない。つまり、山を下りても問題なくなったのだ。

群馬に戻るべきではないかと考えれば考えるほど、胸が張り裂けそうに痛む。自分を慕う手鞠や蘭丸と別れがたい……というのも嘘ではないけれど、なにより左京の妻でいられなくなるのがつらい。

とはいえ、左京は紫乃を拾ってから、穏やかな生活が送れなくなってしまった。命を懸けてまでも自分を守ろうとしてくれた彼に、これ以上迷惑をかけるわけにはいかない。

その後しばらく、どうしても群馬に帰ると言い出せず、これまで通りの生活を楽しんでいた。

屋敷の裏庭では、そろそろやまゆりの花が終わり、青紫の鮮やかな花を咲かせる竜胆《りんどう》がちらほら見られるようになってきた。

「とんぼだ！」

蘭丸が紫乃の手を握り興奮気味に叫ぶ。

「もう秋ですね」

落ち着いた物言いは手鞠。相変わらず大人びてはいるけれど、正治に会ってから無邪気に笑う機会が増えた。

あやかしの命を狙う陰陽師がいなくなった今、正治とともに暮らせる日が近づいたはずだ。正治は、いつか父に豆腐屋を任せてもらうと話していたので、そのときに人間の住む街に戻れたら最高なのではないかと、期待している。

「紫乃をあまり振り回すでないぞ」

声がしたので振り返ると、紫乃がここに来たばかりの頃より心なしか表情が穏やかになった左京が立っていた。

随分柔らかくなった太陽の光に照らされて、彼の銀髪は美しく輝いている。何度見ても見惚れてしまうそれが、雁渡《かりわた》しに煽られて空に舞った。

「左京さま、とんぼだよー」

蘭丸は左京のところに駆けていき、思いきり飛びついている。

――あんなふうに素直に胸に飛び込めたら……。

紫乃はふとそんなことを考えてしまい、勝手に頬を赤らめた。

「もう秋だな」

とんぼを目で追う左京が、かすかに微笑む。

「秋はきのこがおいしいです」

「僕きらーい」

顔をしかめる蘭丸は、手鞠の発言をあっさり否定する。

「皆で採りにいくか」

左京が思いがけない提案をするので、紫乃は少し驚いた。彼が積極的に子供たちとかかわるのは珍しいからだ。

無論、ふたりを大切に思っているのは伝わってくるが、誘われれば腰を上げるものの、自分からはなかなかなかった。

「いいのですか？」

手鞠も紫乃同様驚いた様子で尋ねている。

「ああ、家族だからな」

手鞠の頭を撫でる左京がそう漏らしたとき、紫乃の心に温かいものが流れ込んできた。

腹違いの兄である法印に殺されかけ、そのせいで母まで失った左京は、家族というものに興味が薄かったようだ。それにもかかわらず、彼の口から〝家族〟という言葉がするりと飛び出したのが、紫乃はうれしかったのだ。

紫乃がこの屋敷に来てから、姉たちの死や自分の生い立ちを受け止め、明日を模索できるようになったように、左京もまた過去の出来事と向き合い、前に進めているのではないかと感じた。

「えー、僕きらいだってば」

手鞠が喜ぶ横で、ぷうっと頰を膨らませる蘭丸がかわいらしい。

「蘭丸はまた市に連れていってやろう」

「わー、お団子ね！」

ぴょんぴょん飛び跳ねて喜ぶ蘭丸を軽々と抱き上げた左京は、本当の父のように見えた。


その晩。紫乃がうとうとしていると、頰になにか触れた気がして目を覚ます。

「あっ……」

すると目の前に左京の整った顔があり、どきりとした。髪をほどいた彼から、どことなく色香を感じて、とっさに視線をそらす。

「すまない、起こしたたな」

どうやら頬を隠していた髪を直してくれたようだ。

「ど、どうされたのですか？」

左京がこうして紫乃に添い寝するのは二度目だ。前回は思いがけず朝まで一緒に眠ってしまい、翌朝照れくさくてたまらなかったのを思い出した。

「妻の顔を見に来たのだ」

左京は以前もそう言ったが、無防備な姿を見られるのは少し気まずい。しかし彼はどこか満足そうな顔をして目を細めた。

窓際のいつもの定位置に行った左京は、あぐらをかいた。徳利と猪口が置いてあり、酒盛りをしていたのだとわかる。

「今宵は月がきれいだ」

窓の外を見上げる左京の顔に柔らかな月華が差し込んでいて、彼の端整な顔立ちを際立たせていた。

紫乃も隣に行き正座すると、左京が優しく微笑みかけてくれる。

「寝ていてもよいのだぞ」

「いえ。目が覚めました」

紫乃は時折部屋にやってくる左京とこうして話ができるのを、心待ちにしている。けれど、もちろん秘密だ。

あと何回、一緒に夜空を楽しめるだろう。

彼は以前、月を『暗闇をさまよう者のたったひとつの希望』と話したが、紫乃にとって月は、左京だった。彼が進むべき道を照らしてくれたから、悩み苦しみながらも、明日に向かって歩けている。

斎賀家が背負う役割は、紫乃には重すぎる。でも、それを背負える喜びを感じられるようになったのも、左京のおかげだ。

これから先、なにが起こるのかなんて紫乃にはまるでわからない。

阿久津家という、あやかしを脅かす陰陽師はいなくなったものの、まだ仲間ですら容赦なく殺めるという荒くれ者の法印の存在が不気味だ。

左京と紫乃が阿久津と対峙する間、颯たちが法印を監視していたが、動きはなく安堵した。けれど、いつ阿久津家の当主がいなくなったことに気づくやもしれない。煙たい存在がいなくなったと知れば、法印は帝都を襲い、人間を意のままに操りだすだろう。

紫乃はまだ知らないことも多い。呪術だってまともに使えない。しかし、自分を慕うあやかしたちの力を借りながら、斎賀一族の末裔として誰かの役に立てるよう踏ん張るつもりだ。

「雨垂れ石を穿《うが》つと言う」

左京は唐突に話し始めた。

「はい」

「斎賀家がしていることはまさにこれだ。小さなことを少しずつ積み重ねていけば、やがて困難をも打ち砕き平穏をもたらすだろう。魅了の力を手に入れたのは、おそらくこうした努力があったからだ」

「そうかもしれませんね」

紫乃の先祖は、ただひたすらに誰もが穏やかに生きられるときを目指して努力を重ねてきたのだろう。

「紫乃もその一端を担っている」

「そうだとうれしいのですが……」

そう漏らすと、膝の上に置いていた手を不意に握られて胸が高鳴る。

「私がそうだと言っているのだ。信じなさい」

「ふふっ。信じます」

笑みをこぼすと、左京もかすかに口の端を上げた。彼は最近、こうして笑うことが増えた。

「……紫乃は、私の頑なな心も打ち砕いてくれた。誰かと言葉を交わし、笑い合うことは心躍るものだと教えられた」

子供たちに対して『家族だから』という言葉がするりと出てきたのは、そのおかげかもしれない。

――私を本当の家族にしてください。かりそめではなく、永遠にあなたの妻に……。

紫乃は心の中で叫ぶ。

天狗に食いちぎられて死にゆくのだと覚悟したあの日、これほど穏やかな日々が訪れるとは露ほども思わなかった。この先もずっと、左京の温かな腕の中に包まれていたい。

左京を慕うこの気持ちを隠したまま山を下りたら、きっと後悔する。けれど、自分がそばにいれば、余計な争いごとに巻き込んでしまう。彼を困らせることだけはしたくない。

紫乃の心は激しく揺れる。

せめて……せめて一度だけ、素直な気持ちを伝えてもいいだろうか。

酔いの回った左京は、翌朝記憶を失っている。そうであれば、彼への思慕を明かしたとしても数刻の思い出となるだけだ。

「左京さま……」

思いきって左京の名を口にすると、彼は真摯な視線を向けてくる。絡まり合うそれが熱く感じるのは、そうであってほしいという紫乃の願望が強すぎるからだろう。

左京の耳に届きそうなほど心臓の音がうるさくなり、紫乃は胸に手を置いた。

「どうした？」

「……私……私……。ずっと左京さまのおそばにいたい。離れたくありません」

とうとう言ってしまった。

切れ長の碧眼を見開く左京が、明らかに迷惑顔をしなくてよかった。

紫乃が頭の片隅でそんなことを考えていると、左京の整った唇が動き始める。

「誰が離すと言った」

「えっ……」

「お前は私の妻だ」

紫乃を強い視線で射る左京は、紫乃の頬を両手で包み込む。

「私だけの……妻だ」

嚙みしめるように言う彼は、顔をゆっくり近づけてくる。彼の熱い吐息を感じた瞬間、唇が重なった。

左京は離れていくと、まっすぐな瞳で紫乃を見つめる。

「一生離すつもりはないぞ。私は……紫乃を愛している」

——これは夢？

左京の告白に、天にも昇るような気持ちになる。

「私も左京さまを……お慕いしております」

紫乃は正直な胸の内を、彼にぶつけた。もう隠しておけないほど大きく膨らんでいるのだ。

けれど、酔ったときの彼はいつも甘い。真に受けてはいけないと、心の奥で警笛が鳴っている。

「でもあなたは、朝になれば全部忘れてしまわれる」

天国から地獄とはまさにこのことだ。

恋い焦がれる左京からの愛の告白に、舞い上がった。しかし日が昇り彼が正気に戻れば、なかったことになる。

「忘れるわけがないだろう？」

「いつもなにも覚えていらっしゃらないじゃないですか。私を抱きしめながら甘い言葉をささやいたことも全部」

悲しみのあまり、責めるような言い方になってしまう。しかしこれすら彼は覚えていないだろう。

「……私は、紫乃にそのようなことを……」

驚いた様子で瞬きを繰り返す彼は、やはり記憶にないようだ。

紫乃は激しく落胆し、うつむいた。

目の奥が熱くなり、涙がこぼれそうになる。本気で左京に恋をした紫乃にとって、ひとときだけのたわごとなど、残酷なだけだ。

「……だとしたら、私は酔うと素直になるのだな」

「えっ？」

言葉の意味が呑み込めず顔を上げると、再び左京の真剣なまなざしに捕まってしまった。

「今宵は、まだ一滴も飲んでいないぞ」

「嘘……」

「酒が入っているときの私も、そうでない私も、紫乃が愛おしくてたまらないようだ」

「左京さま……」

信じられない告白に、紫乃の気持ちは高揚していく。

「紫乃。私の本当の妻になってくれ。……愛している」

もう一度愛の言葉をささやいた左京は、紫乃を抱き寄せ熱い唇を重ねた。

―――本書のプロフィール―――

本書は書き下ろしです。

小学館文庫

白天狗《しろてんぐ》の贄嫁《にえよめ》

芽《め》生《ば》える絆《きずな》は宿命《しゅくめい》の扉《とびら》を開《ひら》く

著者 朝比奈希夜《あさひなきよ》

二〇二四年九月十一日　初版第一刷発行

発行人　庄野　樹
発行所　株式会社 小学館
〒一〇一-八〇〇一
東京都千代田区一ツ橋二-三-一
電話　編集〇三-三二三〇-五六一六
販売〇三-五二八一-三五五五
印刷所――中央精版印刷株式会社

ISBN978-4-09-407392-8